El salvaje placer de explorar

Daniel Díaz Mantilla

El salvaje placer de explorar

ISBN: 978-94-91515-35-4

Para Zurelys, por los sueños.

SIN RUMBO DEFINIDO

Para Lutz Kirchner y Yury Tyulpin

Navegaba desde hacía un par de días con el motor a media marcha y los ojos fijos en la pantalla del radar, tratando de ver a tiempo algún obstáculo en la niebla, tratando de avanzar lo más posible en las escasas horas de claridad que el clima adverso de las Kuriles concedía. A veces salía a cubierta, pero la humedad impregnaba mis ropas en cuestión de minutos y tenía que volver tiritando adentro. Sólo esperaba que los días se mantuvieran así, pues una tormenta en estas aguas era la peor suerte imaginable. Mi lancha podía acabar contra los riscos en alguna de las islas. «Tantas islas –pensaba– y ni un alma en ellas, no más que focas y zorros».

En ocasiones, cuando la niebla cedía, podía ver en la distancia ásperas costas donde un verde desesperado se abría paso entre la nieve, intentando absorber la poca energía irradiada por aquel sol todavía distante, todavía frío a fines de la primavera. Entonces, desesperado también, me despojaba de los gruesos abrigos y extendía mis brazos marchitos hacia la luz. Otras veces, si el viento lo permitía, me sentaba en la proa para hablarle a las olas que venían a romper en la quilla. Miraba su estela fugaz esfumarse en la bruma y pensaba en la tranquila bahía de Avacha, pidiéndole al tiempo serenidad.

Así estaba, perdido en mí mismo, con los dedos helados aferrando la barandilla de proa y el corazón añorando otro encuentro con la legendaria ciudad de Petropavlovsk, cuando percibí el silencio. Era una de esas mañanas abiertas, tan raras en el tornadizo Mar de Ojotsk, y podían verse al alcance de la mano los volcanes nevados de Onekotan, erguidos e inmóviles en un cielo limpio, casi azul. ¡Estaba tan cerca ya de tierra firme! Pero el silencio, que en otras circunstancias hubiese sido ideal, era ahora un golpe, una premonición terrible que me alejaba de Petropavlovsk quizás para siempre.

–Mierda –murmuré asustado.

Volví a la cabina y comprobé con angustia cada indicador. Todo parecía en orden y, sin embargo, el motor insistía en su silencio, robándome la calma. Abrumado, después de agotar mis limitadas opciones, regresé a la proa y me senté a observar el horizonte. Sabía que el buen tiempo podía acabar de un momento a otro, y que esa islita abandonada, ahora visible con sus pequeñas bahías y playas, podía borrarse en la niebla llevándose las pocas esperanzas que aún me quedaban.

Usar la radio aquí era inútil: si alguien me escuchaba llegaría demasiado tarde, previendo que mi situación estaba ya perdida de antemano. Y era cierto: si estuviese al menos en Iturup, o cerca de las costas de Paramushir, tendría quizás alguna oportunidad. Pero Iturup había quedado muy atrás y hasta Paramushir faltaban todavía largas millas. Estaba solo. Debía llegar a una de esas playas, debía reparar lo antes posible mi lancha y volver a navegar; pero remar hasta la orilla, incluso con el mar en calma...

Miré mis manos ateridas, respiré profundo y me puse en pie. La pesadilla que tantas veces soñé estaba ahora aquí y no había modo de evadirla.

Sabía por los libros de historia que hubo gente alguna vez en Onekotan, pero no esperaba encontrar ya a nadie. A lo sumo, podría ver las ruinas de una antigua base militar soviética abatida por el hielo de incontables inviernos, o acaso los restos más gastados del período nipón. Con mucha suerte, una vieja cabaña de pescadores, rústica e inhabitable si todavía estaba en pie. Pero muy poco de utilidad encontraría, no más de lo que había visto hasta ayer en otras islas y, ciertamente, nada de sus primeros habitantes, los ainus, cuyos vestigios habían sido borrados por las sucesivas ocupaciones de soldados japoneses y rusos en una larga etapa de tensiones y escaramuzas. No, nada hallaría en este pedazo de tierra que pudiera dar sentido a mi forzoso desembarco, sólo frío y humedad.

Tuve que lidiar durante horas con las traicioneras corrientes. Llegué exhausto a la playa, maldiciendo y con las manos lastimadas. No podía evitar pensar a cada instante que un accidente aquí era una muerte segura. Y en medio de mi angustia, recordaba con ironía que en la lengua de los ainus el nombre de esta isla desolada significaba, paradójicamente, «pueblo grande».

Salté a la orilla, me lavé las llagas y comencé a sirgar la lancha. Estaba convencido –quería estarlo– de que la rotura era simple y en pocos minutos navegaría otra vez para entrar, en un par de jornadas, a las apacibles aguas de la bahía de Avacha. La idea de un baño caliente y una cama en algún humilde hotel de Petropavlovsk, después de tantas dificultades resueltas sin el menor auxilio, me ayudaba a enfrentar con ánimo la situación. Ver a otras personas, caminar entre ellos, oírlos hablar, era lo que más deseaba ahora. Pero no podía quebrarme.

Aseguré la lancha en la arena lo mejor que pude y eché un vistazo en torno. Onekotan no se había curado aún completamente de las marcas que la presencia militar le dejara. El piso agrietado de una barraca, fragmentos de una pared de bloques y algunas piezas de acero, oxidadas y torcidas, eran las cicatrices que le habían quedado de un viejo puesto de guardacostas. Un pino enano enraizaba con pertinacia en el escombro y unos metros más allá, en la cuesta del Tao-Rusyr, las hojas nuevas de un montecito de alisos verdeaban indiferentes sobre los cañones vencidos de una batería antiaérea. Siguiendo la costa, algo parecido a un camino se internaba en la maleza. Nada más. O peor: una infinita cantidad de arena negra bajo mis pies, ceniza volcánica, guijarros grises pulidos por el oleaje incesante, algas, ramas, desechos traídos a recalar por la marea, y la amenaza de unas nubes oscuras que empezaban a reunirse sobre las borrascosas elevaciones de la isla. Pronto estaría lloviendo otra vez, y si el viento arreciaba mi lancha podría terminar flotando a la deriva, o hundida, con el casco rajado por las filosas rocas de la bahía.

Intenté abrir una zanja en la arena para arrastrar la lancha lejos de la orilla, pero a pocas pulgadas de profundidad mi pala tropezó con piedras más grandes. Bajo las primeras gotas de una gélida llovizna, opté por palear arena y rocas hacia ambos lados del casco. Con las llagas sanguinolentas y el cuerpo aterido, volví por fin a mi cabina. Cambié mis ropas empapadas, curé mis manos y entre las húmedas mantas me procuré un poco de calor con una taza de té humeante.

Poco podía hacer ahora más que esperar, y esperé atento a cada ruido en el exterior, a cada racha, mientras la lluvia y el viento se hacían intensos y el cielo se oscurecía.

En algún momento me quedé dormido. Desperté en un sobresalto al final de la madrugada, tras un sueño confuso e inquieto. Sin embargo, afuera la brisa era más suave y un millar de estrellas brillaban en el cielo sin luna.

Salí a cubierta. Onekotan se desperezaba bajo el arrullo de las olas. Una zorra roja merodeaba por la playa, husmeando entre la basura traída por el mar. Mi lancha, por suerte, permanecía en su sitio.

Bebí otra taza de té y engullí unos trozos de carne con galletas mientras aguardaba el amanecer. El cielo se fue haciendo gris, como de acero, hasta que una por una las estrellas se apagaron.

Salté de nuevo a tierra y examiné el motor, el combustible, los circuitos… Todo parecía en orden y, no obstante, el motor no funcionaba. Pateé la lancha, grité, anduve sin rumbo por la playa ante la mirada de la zorra, que me observaba de hito en hito sin acercarse, pero sin disimular su curiosidad.

Era obvio que no había saciado su hambre, mas acaso nunca llegaría a estar del todo satisfecha en esta isla de exiguos recursos, y era precisamente esa insatisfacción constante lo que la mantenía saludable. En cambio –me dije– nosotros padecíamos una insatisfacción mucho peor: podíamos estar ahítos, pero nada nos resultaba suficiente. Destruíamos sin miramientos, habíamos invadido y devorado el mundo hasta que el mundo nos comenzó a pasar la cuenta, e incluso entonces nos volvimos más voraces, insensibles, hasta que el falso esplendor de nuestra civilización llegó a su límite. Y aquí estábamos, justo en el límite, mas sin cambiar de actitud, altivos y brutales ante la mirada temerosa del resto de los animales. «Sólo esta zorra –pensé–, esta habitante ingenua de una isla desierta y remota, puede acercarse sin temor a una fiera tan salvaje».

–Toma –le dije con voz tierna y extendí una mano vacía hacia ella.

La zorra olfateó en el aire el olor de la carne y dio unos pasos hacia mí sin decidirse. Hice como si comiera. La zorra se acercó un poco más y se sentó sobre la arena. Estaba a unos escasos cinco metros, pero era evidente que no iba a correr mayor riesgo.

Subí a la lancha, agarré un pedazo de carne y lo lancé con delicadeza a medio camino entre ambos. Ella se mantuvo en su posición, yo fingí que me ocupaba nuevamente del motor y entonces, poco a poco, la zorra empezó a arrastrarse hacia la carne. La agarró entre los dientes, se alejó un par de metros y sin dejar de mirarme la engulló despacio.

Yo estaba otra vez enfrascado en solucionar mi avería. El contacto con la zorra había mejorado mi ánimo y quizás me permitió ver con claridad lo que antes en mi ofuscación no había visto.

Aunque entonces preferí creer que mi gesto de bondad había sido premiado. Al terminar, presioné el botón de arranque y el motor rugió otra vez con su sonido habitual.

La zorra huyó asustada y me observó desde lejos.

Podía irme. Después de doce horas varado en esta isla, la distancia que me separaba de Petropavlovsk volvía a hacerse pequeña. En un par de noches a lo máximo, si el buen tiempo se mantenía, estaría instalado por fin en aquel hotelito frente a la bahía de Avacha, mirando las alegres luces de la ciudad en el agua y recordando sin pesar los azares de este ya largo trayecto.

Apagué el motor y el silencio se hizo de nuevo palpable. El reflujo del mar en la orilla y el leve susurro de los arbustos sacudidos por el viento animaban la isla, tornando más intensa la quietud. Una quietud que sólo yo alteraba, pero que era demasiado vasta para sucumbir a mi presencia.

—Pronto el mundo será todo así —murmuré con desgano e imaginé edificios cayendo, en ruinas los sitios donde ahora, estridentes, mis congéneres gastaban sus últimos excesos. «Congéneres», pensé y la palabra sonó fría en mi conciencia. Ese era yo otra vez, el mismo misántropo de siempre, lúcido y terrible, incapaz de arraigar entre la gente, sin familia o amigos, sin rumbo definido ni más futuro que una muerte solitaria. Una muerte que no ocurriría hoy quizás, pero que nadie lloraría.

Guardé las herramientas, volví a lavar mis manos y decidí explorar un poco. Puse algo de comida en mi mochila y me la acomodé a la espalda, tomé el fusil, una caja de municiones, y comencé a ascender las faldas del Tao-Rusyr. La zorra me siguió a pocos metros, atraída por el olor o acaso por la curiosidad, aunque yo quise creer que se trataba de simpatía. Pensé en Saint-Exupéry, en la zorra de su relato pidiendo ser domesticada, y sonreí.

¶

Una isla en el interior de otra isla, la cima solitaria y abrupta de un viejo volcán dormido en un lago, dentro del cráter de otro volcán más antiguo, más dormido entre el viento y la nieve: eso es el Monte Krenitsyn, un islote en el centro de una isla pequeña en el Mar de Ojotsk, lejos de la locura de las ciudades. Si lo ves desde arriba, en una de esas imágenes de satélite que se han puesto de moda, el Krenitsyn parece apenas un destello, un punto de luz en el iris oscuro de un animal que espera agazapado la ocasión de atacar.

Pero de cerca, visto desde el borde del Tao-Rusyr, cuando la niebla y las tormentas ceden a un inusual día de sol y las aguas del lago fulguran, serenas y profundas, bajo un cielo infinito, el Krenitsyn deja de ser un ojo al acecho. Puedes sentir su llamado, un canto sutil en el aire, un hechizo que fue metiéndose en tu alma desde mucho antes, sin notarlo, y que al verlo por fin, tras el lento ascenso, te arranca un suspiro.

Sabes entonces que nada lo borrará de tu memoria, pues esa islita –prisionera o protegida en el corazón de otra isla–, como un paraíso inaccesible y fugaz, es casi una metáfora, casi un símbolo, reflejo de ese espíritu sagrado que aún anida en nosotros, oculto tras las máscaras que la ciega humanidad le impone. Algo, una sensación de inminencia y riesgo, se apodera de ti ante su vista. Magia, misterio, simpatía, pero también respeto y aprensión: eso es lo que sientes al verlo alzarse entre las aguas inmóviles del lago Koltsevoy.

Quizás por eso volvían a Onekotan cada breve verano los tenaces hijos del pueblo ainu. Y quizás por eso, víctima de un azar indescifrable, yo mismo había llegado allí. Lo cierto es que estaba sobre la cresta verde del Tao-Rusyr, cansado pero feliz, después de una lenta y trabajosa subida que había tomado mucho más tiempo del que inicialmente supuse. En algún momento la zorra dejó de seguirme, y yo mismo habría vuelto sobre mis pasos si una obstinación irracional por alcanzar la cima no se hubiese apoderado de mí. Con la ropa húmeda y pegajosa por la savia de los matorrales, jadeando, miré atrás más de una vez y más de una vez insistí en continuar. El sol estaba ya alto en el cielo cuando ante mis ojos el horizonte volvió a abrirse y, como un sortilegio o una aparición, vi el monte Krenitsyn en medio del lago.

Sentado sobre una piedra, miré largo rato al volcán. Pensaba en la vida aferrada absurdamente a su propia condición; pensaba en esas rocas inertes, ajenas al viento, a las heladas, al sol, desintegrándose sin dolor en fino polvo después de haber sido lava hirviente en la noche insondable de la historia; y pensaba en mi pequeña existencia, tan absurda y baldía como todo lo demás, tan llena de actos y pulsiones y sufrimientos... ¿Para qué? ¿Qué sentido había en todo esto, qué razón que se me escapaba, qué propósito? Una intensa ansiedad me apretaba el pecho, dejándome sin aire los pulmones.

Tomé una roca y la apreté en mi mano hasta que sus bordes agudos me causaron dolor. «¿Por qué lo haces?», me pregunté pero no supe responder. Tampoco habría sabido decir por qué subí al Tao-Rusyr, por qué remé hasta la orilla, por qué navegaba en mi lancha frágil por esos mares inhóspitos. Por otros cauces podía haber enrumbado mi suerte, por caminos menos arduos, y con más felicidad habría surcado mi tiempo. Pero aquí estaba, lejos de todo, de todos, incapaz de explicarme. Y si acaso otras personas podían justificar sus actos, no sabía decirlo. El mundo entero, con sus largas eras y sus bruscas revoluciones, se me antojaba un gran capricho, consecuencia de un azar hueco e intrincado, tanto más agobiante por la belleza, por la majestuosidad, por la quietud arrobadora del paisaje ante mis ojos: una quietud cargada de infinitas probabilidades.

Miré la piedra unos segundos y la guardé en un bolsillo de mi mochila. Pensé que tal vez al verla en otras circunstancias podría revivir el estado actual de mi conciencia, y que entonces, quizás, hallaría una respuesta al sinsentido que me embargaba.

El hambre me sacó de mis cavilaciones. Engullí un pedazo de carne y emprendí el regreso. Sabía que el clima me había sido en extremo benévolo y temía que de un momento a otro mi suerte se revirtiera.

Tropezando, con el cuerpo magullado por más de un golpe, llegué por fin a la playa. La luz del día comenzaba ya a atenuarse y calculé que en poco menos de una hora sería de noche. Mi primer impulso fue echar la lancha al mar y salir de prisa, mas comprendí que era demasiado tarde para remontar con claridad las aguas bajas de la bahía. Tendría que dormir otra vez en Onekotan.

Reuní un poco de madera y con la ayuda del combustible encendí una pequeña hoguera para calentarme, pero enseguida la niebla se adueñó de la isla y una llovizna helada comenzó a caer sobre el fuego crepitante. Subí a mi lancha y me contenté con una taza de té, galletas y algo de vodka, viendo cómo afuera las llamas difusas por la bruma vacilaban en la penumbra hasta apagarse. No tardé en conciliar el sueño.

El sol estaba ya alto en el cielo cuando abrí los ojos. El cristal empañado de la cabina me impedía ver con claridad, pero el ulular del viento y el oleaje me inquietaban. Salí a cubierta. La niebla se había retirado hacia el interior de la isla, empujada por una brisa que soplaba constante aunque sin demasiada fuerza desde el este. Las olas rompían deshaciéndose en espuma contra las rocas de la costa y un rocío salitroso cubría la lancha. Temí la proximidad de una tormenta y miré en derredor, alarmado, buscando el modo de proteger mi embarcación. Sin embargo, al ver a la zorra merodeando despreocupada por la playa me sentí más tranquilo. Aun así, no debía perder tiempo.

Salté a tierra. La lluvia de las noches anteriores y las fluctuaciones de la marea habían liberado bastante la lancha, haciéndome más fácil el trabajo. Abrí una pequeña explanada en la arena para deslizar el casco, aparté las piedras más grandes y potencialmente peligrosas, fijé una cuerda a la popa y, cuando todo estuvo listo, miré de nuevo en torno para evaluar el clima.

Ya me disponía a arrastrar la lancha hacia el agua cuando vi a la zorra sentada a pocos metros, mirándome. Subir ahora a cubierta era arriesgado, pero lo hice. Cogí dos pedazos de carne, volví abajo y tiré un trozo hacia ella, a apenas un metro de distancia.

—Toma —le dije y comencé a comer.

La zorra vino sin titubear.

Después del breve desayuno arrastré mi lancha hacia el agua y, con el motor encendido, miré por última vez a la zorra. Detrás, las ruinas dejadas por los militares y la cresta del Tao-Rusyr se erguían fantasmales en la bruma. Una fría llovizna empezaba a caer cuando emprendí la marcha.

¶

Había despertado un par de veces sin despertar definitivamente, y en cada ocasión, mirando en torno, me tomó demasiado tiempo volver a ubicarme. Todavía podía sentir mi cuerpo balancearse en el constante vaivén de las olas, pero ya no estaba en el mar. La frialdad de mis mantas húmedas, demasiado olorosas a sudor, había cedido su lugar a sábanas limpias, perfumadas. Me costaba pensar, levantarme, volver al mundo. Mas no era el cansancio lo que me retenía, era mi voluntad aletargada que construía en mí su red de argucias e infantiles protestas, inmovilizándome en la tibia oscuridad del cuarto.

Haciendo un esfuerzo salí por fin de mi pereza: aparté el cobertor y salté de la cama, caminé sobre la alfombra hasta el ventanal de vidrio, descorrí de golpe las cortinas y el brillo azul del cielo lastimó mis ojos. Por unos segundos miré sin ver, hasta que poco a poco el paisaje exterior se hizo nítido.

La ciudad de Petropavlovsk latía afuera con sus eternos barcos, sus calles encharcadas, su gente recia y alegre, curtida por la hostilidad del clima y el largo aislamiento invernal. Instintivamente busqué mi lancha y la encontré en el muelle cerca del hotel, fija a su amarradero, casi ridícula entre dos grandes yates, pero fuerte aún, confiable.

Apenas ayer, sin embargo, cuando penetré por fin en la bahía de Avacha y encontré otra vez, al pie del inmenso cono del volcán Koriakskaia, las verdes colinas entre las que crece, con lentitud de siglos, la antigua ciudad, me sentí pequeño, demasiado expuesto en mi frágil embarcación; y vibrando de alegría por estar ya a salvo de los azares del mar, me prometí a mí mismo terminar con esta vida de nómada. Pero ahora, sólo una noche después, miraba con orgullo mi lancha en el muelle, degustando el placer de esta existencia aventurera, tan libre de ataduras, de normas, de jueces.

Los destellos del sol en la bahía me animaron a salir. Una suerte de euforia se apoderó de mí cuando, al bajar las escaleras, me vi en el recibidor del hotel, rodeado de gente y ruidos. Ya en la calle, el aire frío endureció otra vez mi rostro. Subí el cuello de mi abrigo, hundí las manos en los bolsillos y eché a andar.

Los días previos, cargados de contratiempos y fatigas, regresaban con insistencia a mi memoria: «Andas por ahí como un loco —me dije, recordando el accidente en Onekotan–, estás buscando la muerte». Y de pronto, en medio de mis represiones, sonreí sin saber por qué lo hacía: fue un gesto automático, irracional, pleno de cinismo, y me asustó notarlo, como si otro yo guiara mi vida a pesar de mí, hacia el fracaso.

Caminé sin rumbo por la ciudad, mirando los árboles, los autos viejos, la expresión curiosa en las caras de la gente que pasaba a mi lado, siempre sin prisa, habituados ya desde su infancia al ritmo lento de una urbe sola en medio de la tundra.

Había aún en Petropavlovsk, como en una olvidada trinchera del pasado, un viejo Lenin fundido en bronce que, ajeno al paso de los años, se erguía con bríos desde la plaza pública, entre ruinosos edificios fabricados al estilo socialista; y cerca del puerto, sobre un promontorio, una tarja con el ya oxidado símbolo de la hoz y el martillo. Sentado ante la tarja, mirando de hito en hito la ciudad, pensé largo rato en mi vida errabunda, tan distinta a la de quienes vivían para morir sin grandes cambios en esa tierra labrada por la nieve y el mar, entre brumas, tormentas y erupciones; y volví a sentir orgullo de mi suerte.

Avanzaba la tarde cuando el hambre me hizo entrar a una cafetería. El local había sido antes una dársena, y aún ahora, apenas remozado y con una clientela integrada casi exclusivamente por pescadores, conservaba su viejo aliento marinero. La mayoría de las mesas estaba desocupada. En la barra un par de jóvenes bebían de pie, charlando, y un equipo de audio reproducía una estúpida canción americana.

Pedí un sándwich y una taza de chocolate caliente, y a pesar del clima cálido y la tranquilidad del lugar, fui a sentarme a una de las mesas vacías de afuera. Quería estar solo, tanto como antes había añorado el bullicio y la compañía de la gente.

Allí, lejos de la música y los escasos comensales, miré otra vez la piedra que había recogido días atrás en la cresta del Tao-Rusyr. Palpé su superficie amarillenta, sopesé sus asperezas en el cuenco de mis manos, interrogué en silencio su mutismo, casi con fe, casi seguro de que hallaría en ella un sentido al laberinto de mi vida. Y esperé, viendo los barcos fondeados cerca de la orilla, difusos entre la neblina, fantasmales en su solidez de acero. Esperé y volví sobre mi historia, tan abarrotada de ausencias y desvaríos, hasta que mis dedos comenzaron a entumecerse.

No saqué nada en claro. Sólo un par de lágrimas, ajenas a toda emoción, rodaron por mi cara con el mismo automatismo con que unas horas antes había sonreído. Sin dolor, sin alivio, sin gestos afectados, tiré la piedra a la bahía y sequé mi rostro con la manga del abrigo. Me descubría hastiado ahora, demasiado lánguido para tomar una decisión firme, así que opté por regresar al hotel.

A la mañana siguiente, cansado de Petropavlovsk o acaso harto de mi propio ser, saqué mi lancha del muelle y salí a mar abierto. Con combustible y alimentos para una larga travesía, navegué de nuevo, midiendo con la vista el horizonte y soñando llegar finalmente, pero… ¿llegar adónde?

Estaba bastante lejos ya de la costa cuando apagué el motor. Salí de la cabina y miré despacio en torno. No había razón para seguir alejándome, ni para volver atrás, ni para detenerme. A mis espaldas una estela se expandía y borraba deprisa en el oleaje. «Dentro de unos segundos –pensé–, nadie podrá decir que ese rastro existió alguna vez».

Salvación

What voices have they now, what forms of hopes?

Malcolm Lowry

Se había quedado dormida sobre su lado izquierdo. El suelo duro le había entumecido la mitad del cuerpo y el movimiento le provocó una súbita sensación de dolor, como si un millar de agujas se le clavaran de pronto. Resopló para apartarse los insectos del rostro y con un nuevo esfuerzo volvió a cambiar de posición para que la sangre fluyera otra vez por sus extremidades adormecidas.

Miró en derredor tratando de orientarse y la conciencia de sus circunstancias le llegó de golpe: Ogoni yacía junto a ella, la vida extinguiéndose despacio en él. «No te rindas –pensó–, tienes que resistir». Estiró una mano para tocarlo y un enjambre de moscas revoloteó sobre su cuerpo sin alejarse, casi desafiantes, seguras de que nada podría arrebatarles su festín. Eran moscas verde-azules, y sus alas metálicas destellaban fugazmente al pasar entre la luz: un brillo efímero, una señal de lo inevitable. Pero el niño estaba aún caliente, demasiado caliente en realidad, y respiraba con un ritmo lento y entrecortado, como si cada inhalación fuese la última.

Alzó la cabeza para observarlo e inmediatamente apartó la vista. Era penoso verlo así, tirado sobre la hierba, inmóvil, ajeno al aletear de las moscas sobre su piel hinchada.

Giró otra vez hasta quedar boca arriba. El sol se filtraba en finos haces por entre las copas de los árboles y dibujaba pequeñas manchas de claridad en el ralo matorral, manchas que la brisa mecía ligeramente, arrancando destellos a las piedras y dibujando resplandores casi oníricos, casi irreales en el envés brillante de las hojas. Era ya mediodía, un mediodía lento que aumentaba su sed y su cansancio. «Un día más», pensó con dolor y aguzó los sentidos.

A lo lejos podía escuchar el fragor de los combates, el sonido sordo de las detonaciones como un percutir arrítmico de tambores, ecos que la distancia atenuaba y entre los cuales su imaginación –o su memoria– yuxtaponía gritos, llantos, súplicas ahogadas a golpe de plomo y fuego. A escasos centímetros de ella, sin embargo, otros sonidos mucho más débiles continuaban reclamando su atención: las quejas casi inaudibles de Ogoni, su respiración inquieta entre el zumbido eléctrico de las moscas. Podía verlas revolotear sobre la hierba y descender buscando un espacio libre en su piel, un pliegue de carne expuesta donde comer, copular y depositar sus huevos. Podía sentirlas sobre su propia piel, ávidas, incansables, siniestras.

Cerró los párpados y con una mano intentó alejarlas, pero el dolor de una picada la hizo pegarse un manotazo. Un insecto gris cayó sobre su pecho y lo observó retorcerse hasta quedar inmóvil. No era una mosca, sino una de esas hormigas que aparecían en verano para entorpecer la tranquilidad del pueblo. Y aunque no era verano todavía, el calor se tornaba cada vez más insoportable, incluso a la sombra, y la brisa no alcanzaba a disiparlo, sino que lo esparcía en oleadas sofocantes de vapor, un vapor húmedo y pegajoso que aumentaba en ella la sensación de pesadez, de asfixia, multiplicando la tortura del agotamiento.

Volvió a hacer acopio de sus fuerzas y se levantó. Ante sus ojos una docena de fulgores pálidos le oscurecieron el mundo. A ciegas dio unos pasos entre la maleza y estuvo a punto de desplomarse. Las piernas apenas lograban sostenerla. «¿Cuántos días llevamos sin comer?», se preguntó mientras el mundo en torno volvía poco a poco a hacerse nítido. Pero en su mente los días se fundían y el tiempo se tornaba incierto.

Miró otra vez a Ogoni –¿dormía quizás, o acaso ya había comenzado a transitar por los caminos más allá del sueño?–, lo tocó con la punta del pie y no se movió. Lo sacudió ligeramente sin respuesta. Estaba hinchado y reseco, sus labios cuarteados supuraban medio abiertos, dejando ver un par de dientes. Lo observó en silencio unos segundos: necesitaba agua y comida, una cama a la sombra, un médico; pero nada de eso encontraría. «Se va a morir –pensó–, ya está muriendo», y comprendió que tendría que abandonarlo. No podía hacer nada para ayudarlo y esperar a que muriera sólo le restaría oportunidades de salvarse. Debía dejarlo atrás y –lo más difícil– debía tratar de que la tristeza por hacerlo no le robara los deseos de continuar viviendo.

«Quizás ahora pueda avanzar más rápido», se dijo, y le dolió descubrir la frialdad con que evaluaba su situación, como si Ogoni fuese sólo una carga, un lastre sobre sus hombros. Sabía que probablemente su destino fuese el mismo y que, en ese caso, dejar a Ogoni atrás sería un acto de egoísmo inútil, una impiedad que en su momento los dioses vendrían sin falta a reclamarle. Pero no tenía opciones y verlo así, inconsciente, agonizando, no cambiaría en nada su suerte.

–Ogoni, Ogoni, despierta –murmuró.

El niño abrió los ojos vidriosos un segundo y volvió a cerrarlos.

A pesar del cansancio se agachó otra vez junto a él, apoyó una mano en su cara y sintió que el desaliento se apoderaba nuevamente de ella. Era un desconsuelo visceral que irradiaba desde algún lugar profundo de su cuerpo, desgarrando a su paso cada músculo, tornándole pesados los huesos, royendo su voluntad y oponiendo a su fuerza la fuerza abrumadora de un destino fatal. Volvió a recordar aquellos días –no tan lejanos– cuando los labios de Ogoni se abrían en una risa amplia y sus ojos brillaban con una luz interior que la contagiaba. Ogoni era ahora su única luz, la única fe que le quedaba después de tantas pérdidas, una fe que languidecía ante sus ojos, ya sin asideros. ¿Y qué iba evocar ahora para seguir, de qué manantial vacío extraería el ímpetu que requería seguir viva?

De rodillas sobre la hierba, hundió la barbilla en el pecho y sollozó hasta que la tristeza se le hizo rabia. Entonces, empujada por una erupción de ira incontenible, volvió a levantarse, respiró profundo y se alejó, mientras en su mente la imagen de Ogoni reía otra vez como antes y su cuerpecito se alzaba tendiendo hacia ella los brazos.

–Imani –la llamaba–, Imani, ¿adónde vas?

«Tengo que seguir –se decía–, tengo que encontrar el río», y aunque el desaliento se le enredaba entre las piernas y el deseo de regresar sobre sus pasos tiraba de ella, continuó avanzando, sacando fuerzas del odio y del deseo de vivir, hasta que sus piernas exhaustas cedieron de nuevo a la fatiga.

No se había alejado mucho, pero al menos ya las moscas no volaban sobre ella y entre los matorrales, a ras del suelo, podía distinguir en la distancia la claridad de un descampado. Reposó la cabeza en la tierra y se dejó yacer hasta recuperar el aliento. «Seguir –pensaba–, tengo que seguir». Pero seguir empezaba a parecerle inútil: ¿seguir sin pensar ya en el pasado, ni en lo que el futuro traería, ni en la dudosa posibilidad de encontrar un refugio seguro, una mano a la que asirse, un motivo para volver a luchar después de tantos y tan duros golpes, seguir después de todo y a pesar de todo? Seguir era igual que quedarse… un afán absurdo, un ciego empeño en olvidar para otra vez llenar el hueco de la memoria, ¿con qué?, un arduo luchar contra sí misma para volver a sembrarse entre fantasmas, rompiendo con sus uñas esa tierra enferma de sangre y de petróleo –demasiada sangre y petróleo–, demasiado esfuerzo, ¿para qué?, si a fin de cuentas Ogoni, como antes el resto de sus hermanos, sus padres y su pueblo todo, yacían insepultos en ese delta oscuro y pestilente que alguna vez fue su hogar, pudriéndose en la selva nigeriana a merced de las moscas y del fuego. Seguir era igual que quedarse.

–Tengo que seguir –murmuró con obstinación, e intentando poner una barrera entre su mente y sus sentimientos se incorporó a medias para mirar en derredor.

Más allá de la última hilera de árboles la sabana reverberaba al sol y el vapor emanado de la llanura polvorienta dibujaba figuras borrosas, espectros de humo y luz entre los que a cada instante creía reconocer algo vivo. Se mantuvo quieta, escudriñando el horizonte hasta convencerse de que nada humano se movía en la pradera, sólo los inmensos émbolos drenando los pozos, subiendo y bajando sin pausa, sin piedad, alimentando esas venas de acero que atravesaban la selva hacia el mar, bombeando la sangre negra de la tierra hacia los barcos, hacia un paraíso remoto donde otras gentes reían, gente limpia y feliz, extraña y feliz, seres irreales para quienes ni ella, ni Ogoni, ni nadie de cuantos había conocido y visto morir, importaban.

Nada humano se movía en la sabana, pero no tenía sentido atravesar los campos de petróleo a pleno día. De seguro habría gente trabajando en las instalaciones, empleados y guardias, acaso una pequeña tropa de militares contratados para proteger el lugar de un posible asalto, resguardados todos a la sombra, pero atentos a cualquier eventualidad, dispuestos a matar al primer intruso que se acercara a los pozos. Tenía que esperar a la noche.

Sentada, con la espalda apoyada al tronco de un viejo árbol, cerró los ojos para escuchar. El canto de un pájaro a escasos metros borraba por momentos esa sensación de peligro que la oprimía desde el comienzo de la guerra: un trino alegre y despreocupado que hacía su mente flotar fuera del tiempo, ajena al ruido de las máquinas en lontananza, ajena al dolor y al miedo, regalándole unos segundos de paz, un alivio pasajero durante el cual se soñó correr otra vez junto al río, dichosa como antes, aferrada a las manos de sus hermanos. ¿Cuántos años tenía entonces, nueve tal vez, acaso diez? No sabía precisarlo, pero en los últimos días soñaba siempre con su infancia, tanto que a veces olvidaba su verdadera edad.

–Quince años –se dijo–, tengo ya quince años –y pensó que su vida había sido larga, demasiado larga, como una sucesión de pérdidas y ausencias de las que nada había logrado retener, sólo la memoria: esas imágenes cada vez más informes y fugaces, esos escasos momentos de quietud que la realidad venía siempre a borrar, siempre de golpe, arrancándole un trozo más a su historia, obligándola a seguir. Suspiró sin ruido, dejándose ganar por el cansancio, y todavía antes de volver a dormirse recordó otra vez los días de su infancia: sus padres, sus vecinos, las fiestas por el comienzo de la primavera, las ofrendas y el delta reverdecido tras las primeras lluvias, como un regalo de los espíritus que guiaban a su pueblo. Todo aquello le parecía hoy tan remoto, tan irrecuperable, que Imani dudó si alguna vez en realidad había sido, o si acaso eran tan benévolos aquellos dioses que de niña aprendió a respetar.

Abrió los ojos en un sobresalto, desorientada. Pero el sonido de las detonaciones y el resplandor del fuego en la distancia la trajeron de nuevo al presente. Era el final de la tarde, otra noche se acercaba de prisa y con ella nuevas escaramuzas, nuevos riesgos. Lo sabía: los rebeldes atacaban siempre durante la noche, salían de la selva y cargaban contra las petroleras al amparo de la oscuridad, sacando ventaja de esas horas en que el ejército se replegaba a sus cuarteles y las instalaciones quedaban bajo la débil custodia de unos pocos guardias, casi siempre borrachos o dormidos.

Ahora los pozos ardían con un rugido infernal, los árboles restallaban y ardían, los tanques, la hierba. Los tubos rotos del oleoducto dejaban escapar chorros inflamados de combustible sobre el techo del almacén y los albergues. Hilos de fuego corrían por los cables del tendido eléctrico hacia el generador. El petróleo escurría ardiendo por las paredes y quemaba el maderamen de los marcos, las ventanas, las puertas, arruinando los suministros que no habían sido resguardados tras la reciente entrega y anegando el suelo, mientras entre las llamas los émbolos de los pozos continuaban su oscuro trabajo, bajando y subiendo, bajando y subiendo, hundiendo sus ejes chirriantes en la tierra con un ritmo insaciable, indetenibles.

Se arrastró hasta el borde del bosque y observó en silencio la escena, tratando de descubrir de dónde provenían los disparos. Vio a unos pocos trabajadores salir aturdidos del albergue, a medio vestir, desesperados, para caer muertos a los pocos segundos, presos entre el frenesí de los fusiles y las llamas mientras en lo alto, firme en su mástil, el gigantesco anuncio de la Shell, con su concha y sus letras lumínicas, había perdido la S y brillaba amarillo, casi obsceno en la oscuridad de la noche: «hell», leyó en silencio, y un frío temblor recorrió su cuerpo al comprender que precisamente esa palabra, escrita por el azar de los acontecimientos, describía con siniestra exactitud lo que ante sus ojos sucedía.

—Dios mío —murmuró aterrada.

A su espalda, casi apagados por el ruido del combate, escuchó unos pasos leves sobre la hierba y giró para encontrarse de pronto ante el cañón de una ametralladora. Contuvo el aliento. La boca del arma se le acercó despacio y presionó su frente, quemándola.

«Este es el fin», pensó, recordando las historias que había escuchado sobre la crueldad de los rebeldes.

—¿Cómo te llamas? —preguntó el hombre.

—Imani —respondió.

—¿Y qué haces aquí, dónde está tu gente?

—Están muertos.

—¿Todos?

Asintió y volvió a percibir la dureza del arma en su cabeza. El hombre se agachó frente a ella y la observó con curiosidad.

—¿Qué haces aquí? —volvió a preguntar.

—No sé adónde ir —sollozó ella—, llevo días corriendo.

—No llores, niña, no llores —susurró él y se acercó un poco más.

Pudo notar en su voz y en sus gestos esa mezcla de ternura y codicia que ya conocía, e inmediatamente supo lo que estaba a punto de ocurrirle. El cañón bajó sin prisa, rozándole la mejilla y los pechos hasta detenerse entre sus muslos. Sintió el calor del acero hurgando con torpe avidez entre sus ropas pero no se atrevió a ofrecer resistencia. Sólo aferró la hierba con las manos, separó un poco las piernas y se mantuvo inmóvil mientras la mira del arma le alzaba la bata.

En la distancia los disparos sonaban cada vez más frecuentes y en los ojos del hombre brillaban con un fulgor dorado el fuego de los pozos, el deseo y el miedo. «Como dos soles minúsculos», se dijo ella, imaginándole un rostro más amable a su atacante.

El hombre se terció la ametralladora a la espalda, abrió los botones de su pantalón y se acostó sobre ella.

—Quieta —dijo—, no llores —y comenzó a moverse.

Una extraña sensación de dolor y placer sacudió su vientre cuando la penetró. Estaba húmeda a pesar de sí misma, húmeda y avergonzada, como si su sexo tuviese voluntad propia, como si el dolor y la fatiga de su cuerpo, y la tristeza por tantas pérdidas, no bastaran para apagar ese absurdo apetito, un apetito que dominaba sus caderas obligándola a ceder sin saber por qué, sin entenderse. «¿Qué dirían mis hermanos? —pensó—, ¿qué diría Ogoni?». Cerró los ojos, clavó las uñas en la tierra y recordó los pozos, los émbolos, mientras el falo subía y bajaba en su interior, también insaciable, también siniestro.

El hombre eyaculó en silencio, sin espasmos, sin mudar la expresión de su cara. Luego se arrodilló sobre ella, se cerró la portañuela y volvió a agarrar el arma.

—Lévantate —dijo, pero Imani no encontró fuerzas para hacerlo. Sólo se dejó yacer inmóvil, esperando el disparo que pondría fin a sus padecimientos.

El cañón de la ametralladora volvió a rozar sus pechos, sus labios, sus mejillas, subiendo despacio, tanteando por debajo de su piel los huesos hasta encajársele en la frente. Estaba frío, frío y muerto, e imaginó el instante en que la bala saldría quemando, atravesándole el cráneo, rompiendo adentro el hilo frágil de su existencia. «¿Qué sentiré? —se preguntó—, ¿cuánto tiempo durará morir?».

El combate en la instalación petrolera le parecía ahora lejano. Su propia vida se le antojaba tan minúscula e intrascendente, tan vacía de propósito y valor, como la del pasto bajo su espalda. «No se va a perder nada conmigo —pensó—, el mundo seguirá su curso». Redujo la presión de sus dedos aferrados a la tierra y la sintió escurrir de sus manos: un polvo reseco y tibio, hecho con los restos de millones de cuerpos como el suyo. Escuchó el chasquido del arma cargada y contuvo el aliento, esperando. Ahora los dioses vendrían por fin a juzgarla, exigirían explicaciones por haber abandonado a Ogoni en la selva. Allí estarían sus padres, sus hermanos, todo el pueblo, y el propio Ogoni extendería contra ella un dedo acusador.

—Oye, ¿qué haces, qué tienes ahí?

Imani abrió los ojos. El hombre estaba de pie sobre ella, apuntándole a la cara todavía, y miraba de soslayo a otros hombres semiocultos en la oscuridad.

—¿No vas a compartirla?

—Anda, apártate —dijo otra voz.

El hombre protestó por lo bajo y se apartó. Un nuevo cuerpo se lanzó sobre ella, jadeante y sucio; luego otro, y otro. Imani dejó de sentir. No había ya asco, ni dolor, ni miedo; sólo una sensación de abandono y lasitud, un deseo de dormirse y no volver a despertar. «Estoy perdida —pensó—, no hay salvación para mí», mientras el último hombre terminaba de vestirse.

Levantó un poco la cabeza y miró su cuerpo, la bata desgarrada, el hilo de sangre y semen que manaba de su sexo. La habían golpeado y mordido, habían orinado y escupido sobre ella, la habían obligado a lamer y a tragar, a rendir su orgullo ante azotes e insultos, y ella había cedido a sus caprichos, sin quejarse, mientras en la oscuridad, más allá de la noche, sus padres y sus hermanos la observaban con disgusto: «Si no me hubieses dejado –repetía en su mente Ogoni–, nada de esto estaría sucediendo».

Imani se cubrió como pudo y se incorporó a medias. «Ya nada tiene sentido –pensaba–, nunca podrán perdonarme».

Reunidos a pocos metros, los rebeldes reían y se jactaban sin mirarla. El fuego iluminaba sus rostros sudorosos, casi bestiales, e Imani sintió otra vez el odio crecer en su interior: un odio frío, definitivo, y un profundo deseo de acabar de una vez con su existencia.

–¡Los he visto! –gritó–, ¡los he visto a todos!

Los hombres se acercaron en silencio y la rodearon. No se escuchaban ya disparos ni voces en la pradera, sólo el rugido de las llamas devorando el petróleo y el canto de los grillos entre la hierba, ajenos a su tragedia. Una brisa tórrida sacudía los árboles y entre las hojas, impasible, un pedazo de luna brillaba en la noche.

–Van a pagar por esto –dijo ella–, van a pagar –y un culatazo le rompió los dientes.

–Grita –dijo el hombre y le hundió la ametralladora en el abdomen hasta dejarla sin aliento–, grita todo lo que quieras –y sonrió.

Imani sintió la sangre acumularse en su boca y no pudo hablar. Tosió, giró un poco la cabeza para respirar mejor y sollozó sin ruido. Ogoni la acusaba todavía pero ya no alcanzaba a escucharlo. No podía deshacer lo que había hecho, no podía explicarle.

–Así está mejor –dijo el hombre.

Luego miró con severidad a sus compañeros y se internó en la selva. Los demás lo siguieron sin hablar.

Imani los oyó moverse entre los matorrales hasta que estuvieron muy lejos. Después fue sólo el murmullo de la brisa en las ramas, el crepitar del fuego, el ruido ocasional de los animales nocturnos. No quería cerrar los ojos, no quería dormirse. Pero la fatiga fue venciéndola poco a poco y al final fue el silencio.

Cuando amaneció, las moscas revoloteaban ya sobre su cuerpo.

En la rutina interminable

La gente iba y venía con su prisa habitual. El semáforo alternaba sus luces siguiendo el ciclo monótono y preciso de siempre. Los autos se detenían unos segundos en la esquina para continuar su marcha calle abajo hacia el mar, calle arriba hacia el interior gastado de la urbe. Todo era otra vez como antes. Sobre los charcos recientes el otoño traía nuevas lluvias y, junto al pobre mercado de verduras, el viejo edificio de la iglesia perdía con cada chubasco parte del hollín acumulado en los largos meses de sequía. Sus paredes seguían siendo grises, casi nulas ante la vista de los transeúntes que pasaban a su lado, hipnotizados por el estrés de la existencia.

Como siempre. Todo volvía a ser como siempre, aunque ese «siempre» fuese una extensión ambigua de tiempo, porque si alguna vez las cosas habían sido distintas, nadie ya lo recordaba: «siempre» era justo ahora, un largo e imperturbable «ahora» que podía llamarse lunes o jueves, otoño o primavera, pero que a fin de cuentas seguía siendo lo mismo: la avenida acaso más agrietada, los transeúntes más arqueados por el peso del sol a sus espaldas, los autos más o menos humeantes ante el ciclo monótono y preciso del semáforo. Pero «siempre» era también «nunca», un lapso prescindible de la vida, sin devenir, sin consecuencias notables, un tiempo hueco que caería fatalmente en el olvido con todo y sus habitantes —esos seres pusilánimes y anónimos, máscaras sin tuétano ni voluntad, millones–, sin que se le echara en falta, sin que un atento historiador en el futuro lo advirtiera. Siempre era nunca, una trampa de inmovilidad, o al menos así pensaba yo, hastiado.

De cuando en cuando, casi por accidente, alguien alzaba la vista hacia las puertas cerradas de la iglesia y por un momento volvía a recordar los días anteriores. Pero eso era todo. Ya habían olvidado. Ya habían encontrado otro «acontecimiento» del que ocuparse, algo nuevo y efímero también, un breve aliciente para el tedio de sus charlas, hasta que el hastío volviera a dominarlos. Ahora el tema era la derrota del equipo nacional de béisbol en la copa del mundo, mañana sería la guerra en el Oriente (un Oriente que no por medio era menos lejano), después quién sabe. Siempre habría algo de que hablar, una noticia, un matiz en la rutina interminable.

Unos meses atrás, sin embargo, el tema había sido ese viejo edificio, sus puertas cerradas, las personas que se aislaban tras los grises muros para esperar el fin. El fin estaba cerca, era inminente, o al menos eso decían ellos, los escasos feligreses cuya cifra, no obstante, pareció inmensa por lo inusual y drástico de su decisión. Vendieron sus casas, sus autos, sus muebles. Compraron comida suficiente y entraron a la iglesia serenos, mudos, trayendo en sus maletas lo imprescindible, convencidos de que al sonar la hora última Dios los recibiría con piedad en su reino. Eso dijeron o, al menos, eso dice la gente que dijeron, porque la prensa y la televisión ignoraron sistemáticamente el asunto, divulgando crónicas intrascendentes sobre un hoy otoñal, lluvioso, indiscernible en el *continuum* del tiempo: un hoy que era siempre.

Cuando la noticia se supo, cuando el manso río del tedio desbordó en versiones sobre el «acontecimiento» y los transeúntes empezaron a detenerse frente a la vieja iglesia, el semáforo perdió su ritmo. Fue algo casi automático, un parpadeo amarillo en la intersección de las avenidas, una leve contrariedad para los automovilistas, que hicieron sonar sus cláxones con insistencia. Pero casi enseguida la policía llegó, cerró las calles en un amplio perímetro alrededor, y colocó sus cintas de plástico entre la puerta cerrada y la gente que se acumulaba afuera.

Esa tarde, de regreso a casa y sorprendida por el tumulto, mi mujer preguntó qué sucedía. Un agente del orden le explicó amablemente que era una actividad cultural y ella siguió su camino, más tranquila, aunque era obvio que el agente no decía la verdad. Pero la verdad, a esas alturas, era ya un haz de variantes más o menos absurdas que la gente pulía entre dientes, todavía aglomerados junto al cerco policial.

Esa noche, de regreso a casa y sorprendido por el tumulto, pregunté qué sucedía. Una señora me explicó amablemente que el fin estaba cerca y yo seguí mi camino, más tranquilo.

Durante varios días el cerco continuó. Los autos lujosos de los oficiales entraban y salían del perímetro. La policía trajo grúas, barreras, y bajo la fría lluvia otoñal comenzaron a pesar en sus cinturones los garrotes y los atomizadores de gas pimienta. En las noches los chalecos lumínicos brillaban a la luz parpadeante del semáforo, y al amanecer, con el cambio de guardia, los charcos se agitaban bajo las botas húmedas.

Mi mujer y yo pasamos cada día junto al cerco, pero no insistimos con preguntas. Sin duda, la actividad cultural se extendía más de lo común y el fin no estaba tan cerca. Además, varios carros de las brigadas especiales se habían apostado en sitios estratégicos y en esos casos la curiosidad suele matar a más de un gato. Lo aconsejable era esperar, disfrutar el aire fresco del otoño y ver cómo menguaba poco a poco el grupo de observadores.

No recuerdo si fue un lunes o un jueves, pero un día el «acontecimiento» dejó de existir. Fue así: los curiosos desaparecieron, el cerco terminó, las luces del semáforo retornaron al ciclo monótono y preciso de siempre. Con una leve sorpresa mi mujer y yo salimos a la calle y constatamos que todo volvía a ser como antes. Un poco fastidiados por el subrepticio regreso de la rutina, seguimos nuestro camino.

Meses después, nadie recordaba ya lo sucedido. El otoño avanzaba lento con su lluvia y su frialdad. Los autos se detenían unos segundos en la esquina para continuar su marcha calle abajo hacia el mar, calle arriba hacia el interior gastado de la urbe. La gente pasaba frente al viejo edificio sin siquiera alzar la vista. Algunos comentaban eufóricos la derrota del equipo nacional de béisbol, otros quién sabe. Yo volvía a casa cansado y, por accidente, vi las puertas entreabiertas de la iglesia.

Entré sin pensarlo, sorprendido por el hecho de que nadie hubiese notado antes ese cambio. Empujado por una curiosidad repentina e irracional, atravesé a grandes trancos la nave hasta el ábside. Estaba tenso y despierto, seguro de que al fin podría ver más allá del rumor y la mentira un pedazo de verdad, un pedazo minúsculo tal vez, pero que, sin duda, iluminaría ante mí una arista esencial de aquel hecho que ya la desidia de la ciudad comenzaba a borrar. «¿Qué había sucedido en realidad? –volvía a preguntarme–, ¿quiénes eran esas personas?, ¿qué sabiduría o qué misteriosa locura colectiva los había empujado a aislarse así, contra todo argumento y a pesar de las presiones unánimes?».

Una fina capa de polvo cubría el altar donde la llama diminuta de un cirio vacilaba aún, ahogada en parafina. La nave principal estaba desierta, no había en ella el menor rastro de los feligreses que durante meses se enclaustraron tras sus muros. Sólo esa llamita minúscula rodeada de penumbras, frágil, casi oscura, que se apagó de golpe ante mis ojos. Busqué en los transeptos y en la planta superior pero no vi a nadie. Todo había ocurrido hacía pocos minutos, era evidente, pero yo había llegado demasiado tarde.

Volví a salir, decepcionado, dudando, tratando de encontrar en toda aquella historia algún sentido. Bajo la fría llovizna de la tarde atravesé despacio la avenida y me fui a casa, todavía tenso y ansioso, preguntándome si acaso Dios había venido a recoger a su rebaño: «Quizás —me dije— aquellos ariscos feligreses habían tenido razón y el fin había llegado mientras nosotros, atrapados aún en la ilusión del día a día, presos sin saberlo en la rutina interminable, jamás nos dimos cuenta».

«Soy un tonto», pensé luego y abracé a mi mujer, como todas las tardes.

Abismo

Hay algo muy sutil y muy hondo en
volverse a mirar el camino andado…
El camino en donde, sin dejar hue-
lla, se dejó la vida entera.

Dulce María Loynaz

La entrada es discreta: una angosta rendija entre las rocas, una
fisura que el caudal de un antiguo arroyo fue ampliando hasta
alcanzar apenas medio metro de ancho. Al pie del farallón, casi
invisible tras el montículo de tierra que la lluvia ha ido acumulando
entre los bloques caídos de la ladera, la cueva parece pequeña y
poco seductora. Eso pensamos la primera vez que la vimos, hace
ya doce años.

Era la temporada más húmeda del verano, los aguaceros se
sucedían a diario y en nuestras mochilas pesaba como plomo la
ropa mojada. Al caer la tarde, invariablemente, el cielo se oscurecía
en tempestades que duraban hasta la noche y la cueva hubiese sido
un buen lugar para acampar, de no ser por el charco que inundaba
el saloncito.

Recuerdo que Rey avanzó con el agua sobre las rodillas hasta una
piedra casi plana que sobresalía a manera de balsa en el centro de la
gruta y, parado sobre ella, dijo que prefería quedarse a dormir allí
antes que seguir trastabillando como un condenado bajo la lluvia.

Jude y yo nos reímos de su idea, pero afuera continuaba lloviendo y pronto oscurecería. La perspectiva de seguir casi a ciegas entre los matorrales y el fango, sin esperanzas de llegar a algún sitio seco donde guarecernos, era deplorable. Por otra parte, la piedra estaba bastante pulida y, aunque dura, ofrecía espacio suficiente para un pequeño campamento de emergencia.

Aquella noche, contando las tediosas horas y quejándonos de nuestra pésima suerte mientras en vano tratábamos de conciliar el sueño, escuchamos el ruido aterrador de la succión: fue un ronquido largo y viscoso, como si una inmensa garganta se dispusiera a tragarnos.

–¿Qué pinga es eso? –gritó Jude y se levantó de un salto.

Jude hablaba así. Detrás de sus labios finos y sus ojos color miel había un animal salvaje. Su verdadero nombre era Judith, pero todos le decían Jude y a ella parecía gustarle aunque fuera un nombre masculino, o quizás por eso mismo. No sé, nunca hablamos al respecto. Lo cierto es que, si se le antojaba, Jude podía ser tan brutal como un estibador o más amable que una cortesana, y ni a Rey ni a mí nos molestaba la versatilidad de su carácter o el lenguaje en que se expresaba.

Aquella noche, con el corazón desbocado por el susto, encendimos las linternas y miramos en dirección al ruido sin sacar un pie de nuestras camas. El agua fluía hacia un agujero pequeño, casi oculto entre las rugosidades de la roca, y del otro lado, todavía audible, la garganta seguía tragando. La luz se perdía en su interior como en un hueco negro y dedujimos que se trataba de un sifón, un pasaje hacia galerías más profundas, la puerta a un mundo subterráneo y tenebroso por donde quizás el viejo arroyo continuaba su curso, quién sabía hasta dónde.

A la mañana siguiente, cansados por la mala noche y felices de dejar atrás aquella cueva inhóspita, desmontamos el campamento y reanudamos el viaje. Nuestra intención era atravesar la cordillera de sur a norte hacia el mar y pasar un último día refrescándonos en la desembocadura de un río que bajaba de la sierra, antes de regresar por fin a la ciudad. Era tal vez un estúpido modo de aprovechar las vacaciones, o al menos eso pensaba la mayoría de nuestros coetáneos. Pero así éramos en aquel tiempo: jóvenes, intrépidos, amigos de la vida silvestre y la aventura. El confort y las diversiones urbanas no lograban satisfacer plenamente la sed de experiencias que nuestra vitalidad demandaba. Necesitábamos más, mucho más que fiesta y videojuegos, el cuerpo nos pedía adrenalina y libertad, una mezcla que sólo las montañas podían darnos.

No sabíamos entonces que esa noche marcaría un punto de cambio en nuestras vidas. No sabíamos que esa cueva era el comienzo de una extraña obsesión, una curiosidad que en los años posteriores nos obligaría a regresar una y otra vez, dominados por el propósito de descubrir adónde conducían sus interminables laberintos. Pero esa mañana, ateridos e insomnes, salimos sin mirar siquiera atrás y nos adentramos en el monte, maldiciéndola.

Un mes más tarde, cuando el recuerdo de aquella noche comenzaba ya a borrarse, Jude nos sorprendió con la propuesta de volver. Desplegó un mapa sobre la mesa y se extendió en explicaciones sobre la geografía de la zona. La cueva, aquel agujero fangoso donde nos habíamos refugiado, parecía ser mucho más que una simple gruta: abierta en un angosto valle entre las lomas, en el centro de la sierra, era en realidad un antiguo sumidero, la entrada de un río que todavía existía y cuyo cauce se extendía bajo la cordillera, a través de kilómetros, para resurgir en la ladera norte, muy cerca ya del mar. Y aquella agua turbia que nos había asustado al pasar rugiendo por el sifón, era con seguridad la misma agua fresca y limpia donde nos habíamos bañado después, junto a la costa.

–Tenemos que volver –insistió Jude–, tenemos que explorar esa cueva –dijo, intentando contagiarnos su entusiasmo.

Rey estudió el mapa en silencio. Luego alzó la vista y nos miró con cara de angustia. Era obvio que la idea no le gustaba demasiado, pero no se atrevía a decirlo. Jude podía ser brutal cuando alguien arruinaba sus planes.

–¿Y tú qué crees? –me preguntó.

Yo me encogí de hombros y asentí sin efusividad. Había leído algunos artículos sobre la espeleología y, aunque no me apasionaba mucho la idea de arrastrarme por recovecos oscuros y llenos de animales peligrosos, pensé que esa nueva aventura sería interesante.

Dos semanas después estábamos otra vez sobre aquella piedra dura, empapados, buscando el modo de pasar a través del sifón. Jude se recogió el pelo en un moño, se ajustó la linterna en la frente y se sumergió. Vimos su luz desaparecer en la turbidez del agua y esperamos. Teníamos la certeza de que regresaría enseguida, defraudada y quejándose de que el sifón era demasiado estrecho, o demasiado largo. Mas los minutos pasaron hasta que ya la espera nos pareció excesiva.

Rey agarró su linterna y se sumergió sin hablar. Yo encendí un cigarro para entretener el tiempo, pero eventualmente también pensé que esperaba demasiado y decidí ir tras ellos. El sifón era corto y fácil de vencer. Del otro lado, el agua escurría por una galería baja hasta embocar en un salón más amplio. Allí, represada entre los bloques de un viejo derrumbe, formaba un pequeño lago.

En la orilla distinguí las luces de mis amigos y fui a su encuentro.

–¿Qué me dicen ahora –preguntó Jude–, tenía razón o no?

Estaba eufórica. Temblaba con la cara sucia de fango y la piel erizada bajo la camiseta, pero no podía contener su alegría. Junto a ella, Rey también se mostraba animado. Sabíamos que nadie antes había estado allí, éramos los primeros en pisar aquel sitio y sentíamos que un territorio nuevo y desconocido se dilataba ante nuestros pies como una invitación a explorar, a descubrir. Aquella sensación resultaba embriagadora.

Subí hasta la parte alta del salón y miré en torno. El lago formaba una media luna junto a la pared izquierda y se detenía al borde de un abismo. Pero hacia la derecha, sobre un lecho de rocas, la tierra seca y asentada parecía un buen lugar para establecernos.

–Traigamos las mochilas –dije.

Pasarlas entre las piedras por el estrecho boquete sumergido fue difícil. En bolsas plásticas, cuidando que los ásperos salientes no rasgaran el frágil envoltorio, fuimos llevando poco a poco las cosas. Terminamos exhaustos, con los dedos entumidos y casi a punto de la hipotermia, pero la aventura apenas empezaba y estábamos ya ansiosos por ver qué nuevas incógnitas aguardaban allende el abismo que se abría junto al lago. De modo que cambiamos nuestras ropas mojadas y, tras un breve descanso, atamos a una piedra la única cuerda que traíamos y emprendimos el descenso.

Ocho metros más abajo hallamos la primera bifurcación. Un pasadizo de barro ascendía abruptamente a nuestra izquierda y parecía conducir de vuelta a la superficie. Del otro lado, la galería se ensanchaba y continuaba bajando, aunque con menos pendiente. Avanzamos por ella hasta una zona mucho más holgada. El aire, húmedo y frío, se condensaba aquí en una niebla espesa, impidiéndonos ver con claridad el piso. Había otras bifurcaciones, desniveles y charcos de rebordes altos que formaban curiosas barreras y que nos obligaban a levantar demasiado los pies. Nos movíamos con dificultad. Nuestras botas anegadas pesaban como lastres, ora adhiriéndose al suelo barroso, ora hundiéndose en el agua helada. Tanteábamos en derredor, pero los límites se desvanecían a ambos lados del recinto y entre las tinieblas cada vez más profundas era fácil desorientarse.

Para no perdernos, decidimos avanzar pegados a la pared. En la caliza áspera, incrustaciones de otras rocas más oscuras y filosas cortaban nuestra piel cada vez que las tocábamos. Pero adentrarnos a ciegas en aquel espacio abierto era demasiado arriesgado. Lo más conveniente era no penetrar hacia el centro, por más que el vacío nos llamara.

Rey iba delante. Caminaba deprisa como si el miedo lo espoleara y con un tono de creciente preocupación en la voz nos apuraba a cada paso. Jude y yo lo seguíamos intentando reducir la distancia, pero entre las sombras apenas si distinguíamos la luz de su linterna.

—Espera —le pedía Jude inútilmente, y cuando algún obstáculo la hacía tropezar, gritaba con furia—. ¡Que te esperes, cojones!

Pero Rey parecía no escuchar.

De pronto oímos un ruido y lo perdimos de vista. Gritamos al unísono y corrimos hacia él. Se había caído en un hueco. Por suerte el agua lo llenaba hasta el tope y no sufrió daños graves, sólo algunos rasguños superficiales en la espalda y los brazos. Lo ayudamos a salir. Estaba pálido del susto y, entre bromas y burlas, recriminamos su actitud antes de continuar. Pero ahora la ropa mojada enfriaba con rapidez su cuerpo y el miedo sustituía su anterior disposición por una torpeza insufrible. Al cabo de pocos minutos, frustrados por el percance, tuvimos que regresar afuera.

Esa fue nuestra primera incursión en la caverna. No vimos estalactitas ni cristales alucinantes, nada de los maravillosos paisajes subterráneos que las fotos de otras cuevas mostraban. Sin embargo, estábamos decididos a seguir explorándola. Incluso Rey, a pesar de sus golpes y los regaños que recibiera por dejarnos atrás, insistía en volver y prometía ser más cuidadoso.

Sin dudas, aquella sensación de estar pisando un lugar donde ninguna otra persona hubiese estado antes, había calado con fuerza en nuestro espíritu y nos había transformado: éramos pioneros, teníamos ahora a nuestro alcance un mundo lleno de enigmas y prometedoras aventuras, y aunque arriesgado, era demasiado tentador para rechazarlo. Por otra parte, esa exploración inicial nos había enseñado un par de cosas: primero, que la cueva exigía respeto. Andar por ella no era un simple paseo de domingo; había peligro a cada paso y, si queríamos hacerlo, debíamos aumentar las precauciones. Además, el equipaje debía ser compacto y eficiente. Necesitábamos mejores linternas, cuerdas, instrumentos de escalada, brújulas y una ropa más acorde al extremo ambiente subterráneo.

Seis meses después, mejor preparados, regresamos a la cueva. Aquel salón brumoso resultó ser en realidad la confluencia de varios túneles, algunos de los cuales se abrían a niveles superiores, y en ellos, como en un palacio de ensueño, los cristales crecían en fantásticas formas. Frágiles, casi irreales, las infinitas estructuras de la roca resplandecían a la luz de nuestras lámparas: delgados tentáculos escarlatas detenidos en su lento y caprichoso crecimiento, destellos sin fin, largas agujas translúcidas cuyas puntas se abrían en filigranas de vidrio, estrellas de un blanco perfecto, flores arrobadoras, minúsculas gotas de agua condensadas en el borde aserrado de delicadísimas cortinas y escurriendo por el suelo hacia una red de lagunas ondulantes, en cuyo fondo, como si no bastara toda la asombrosa exhuberancia del techo y las paredes, encontrábamos a cada paso nuevas morfologías de piedra: corales, bosques, cerebros pulidos como perlas de ámbar y marfil…

Caminábamos sin aliento, preguntándonos qué leyes de la química y la física habían generado esa sorprendente profusión de formas, qué ciencia osaría clasificarlas, qué términos darían nombre a la indescriptible magia que habitaba en ellas. Rey, por su parte, había aprendido su lección y se comportaba con más responsabilidad, sabiendo que un simple tropiezo aquí podía significar la muerte de los tres.

El viaje fue un éxito. A partir de ese momento, víctimas ya de una fiebre que nos dominaba, asumimos la tarea de cartografiar la cueva y tomar nota del avance en su exploración. Durante años, enfrentando los riesgos que a cada paso surgían y venciendo dificultades que a otros con certeza hubiesen hecho desistir, fuimos descifrando el laberinto de sus oscuras galerías. Parecía haber al menos cuatro niveles superpuestos: el más alto era un cauce fósil, seco y totalmente cristalizado, como aquel que vimos en nuestra segunda expedición; en los niveles inferiores, por el contrario, a medida que descendíamos las formaciones secundarias se tornaban escasas y la humedad aumentaba. El nivel más bajo, intransitable en la época de lluvias, era el cauce actual del río y progresaba casi en línea recta de sur a norte a través de varios sifones.

Había numerosas confluencias entre esos niveles, encrucijadas, tubos angostos y verticales, grandes salones de puntal elevado donde el haz de las linternas más potentes se perdía entre penumbras. Pero de entre todas esas confluencias, recuerdo especialmente la primera vez que accedimos al nivel inferior. Veníamos por un pasadizo casi rectangular. El techo era una inmensa laja de roca sólida a la altura de nuestras cabezas y en el piso, arrastrados desde algún lugar más alto por la fuerza descomunal de la corriente, yacían los fragmentos de grandes columnas. De pronto, tras un ligero declive, arribamos a una especie de playa. La arena era blanca y fina, el río fluía con mansedumbre por una galería perpendicular a la nuestra y en su lecho, triturados y pulidos por la erosión, los pedazos de viejas estalactitas parecían guijarros. Recuerdo que veníamos cansados, sudando por el esfuerzo de una larga travesía, y que mientras nos bañábamos en esa playa oscura tuve por primera vez una imagen nítida de cuánta violencia podía desatar aquel río fresco y transparente: «Si era capaz de machacar así las duras rocas –pensé entonces–, ¿qué no haría con nuestros débiles huesos?»

Pronto el campamento junto al sifón de la entrada dejó de sernos útil. Al adentrarnos más en las profundidades de la caverna, que contaba ya varios kilómetros, se nos fue haciendo necesario encontrar otros lugares para dormir. Escogíamos siempre sitios altos, evitando así que una crecida repentina nos sorprendiera. Pero a pesar de todas nuestras precauciones, más de una vez las aguas nos cercaron y estuvimos a punto de ser barridos por su atronadora embestida. En aquellos campamentos, a salvo de cualquier eventualidad, acumulábamos recursos imprescindibles para las prolongadas permanencias que hacíamos en la temporada seca del año.

Un extraordinario júbilo nos embargaba cuando, tras largas jornadas de trabajo en la más absoluta sombra, regresábamos afuera. Los colores vivos del bosque, el canto de los pájaros y el calor del sol, adquirían entonces una plenitud y una belleza excepcionales para nuestros sentidos habituados al silencio, el frío y la oscuridad.

Recuerdo especialmente una tarde en que, después de una exploración de varios días, nos detuvimos a descansar en nuestro primer campamento. Rey advirtió que un delgadísimo rayo de luz atravesaba el sifón de la entrada y se le ocurrió una idea: colocó a Jude de espaldas al sifón, cuidando que el haz diera en su cabeza a la altura de los ojos, y le pidió que girara muy despacio sobre sus pies. Cuando la luz tocó sus iris acostumbrados a la penumbra, fue como el estallido de una supernova en una noche sin estrellas, como una revelación.

–Es increíble… –murmuró ella y sonrió–, parece un *aleph*.

Desde aquel día su relación con Rey se tornó más cordial. Como si el simple hecho de compartir esa experiencia los uniera por encima de cualquier desacuerdo, nunca volvió a lanzar contra él sus feroces embestidas, sino que, por el contrario, se esmeraba en hacerlo sentir bien, incluso cuando era obvio que merecía un cocotazo.

De vuelta a la ciudad, sin embargo, guardábamos en secreto nuestras aventuras. El diario que llevábamos y el mapa que poco a poco componíamos, celosamente ocultos de la vista de los otros, sólo serían publicados cuando encontráramos la salida.

Para las últimas exploraciones, ya en el nivel más profundo, teníamos que emplear botes de goma y trajes térmicos. Acampar en esta zona, donde el río fluía con todo su caudal, era impensable.

Pero avanzando lentamente nos fuimos acercando a la ladera norte de la cordillera. Superponiendo nuestro mapa a las cartas topográficas de la región, calculábamos algo menos de un kilómetro hasta el resolladero.

En ese último tramo el río caía en cascada a través de una serie de grietas muy filosas antes de surgir por fin al valle. Era difícil descender bajo la presión del torrente, lo habíamos intentado ya un par de veces y en cada ocasión tuvimos que regresar sin conseguir más que magulladuras y frustraciones. Ahora, nos disponíamos a intentarlo una vez más. Rey pensaba que sería mucho más fácil si bajábamos por la pared opuesta a la cascada, pero llegar hasta allí suponía bordear un abismo resbaladizo y sin apoyos. En una primera etapa colocaríamos los anclajes; luego, con las cuerdas instaladas, bajaríamos hasta la siguiente cascada para fijar nuevos anclajes. La tarea tomaría más o menos tiempo según la cantidad de saltos, pues estimábamos que la altura total hasta el punto más bajo sería de cuarenta metros: un par de días de esfuerzo, pero un par de días que pondrían término a la aventura de muchos años.

Cuando la temporada de lluvias acabó y la hierba empezaba a secarse en los jardines, recogimos nuestras cosas. Sin euforia, casi sin hablar, hicimos el trayecto hasta la cueva y avanzamos hacia el último campamento. Allí, tras un largo día de descanso, inflamos las balsas y navegamos río abajo rumbo a las cascadas. El sonido del agua fue haciéndose más fuerte y, con él, el latido de la sangre en nuestras sienes. Desembarcamos en un recodo cerca del salto e inmediatamente comenzamos a preparar los equipos. No había tiempo que perder, esta era la parte más peligrosa y un simple chaparrón en la superficie podía hacer que aquí, ajenos a cuanto ocurría afuera, la corriente nos arrastrara.

Por fin todo estuvo listo. Rey se colgó el martillo y una bolsa de *spits* al cinto. Comprobó el agarre, los nudos, la cuerda que lo sujetaba, y miró abajo unos segundos.

—Hay algo muy sutil y muy hondo —dijo— en volverse a mirar el camino andado.

Jude soltó una carcajada.

—Todo va a estar bien —le dijo—. No te pongas patético.

Pero él la abrazó de pronto y la besó en los labios.

La había tomado por sorpresa. Fue un beso largo, apasionado, y supe entonces que desde hacía algún tiempo lo deseaba. Jude no hizo resistencia. Cuando se separaron, sonreía.

Luego Rey se acercó al borde y empezó a clavar el primer *spit*. La tarea era ardua, pero en menos de lo que suponíamos alcanzó la pared opuesta. La etapa inicial había concluido y Rey regresó para reposar y comer algo.

Era mi turno ahora. Avancé siguiendo la ruta de Rey y descendí hasta la base de la primera cascada. Doce metros en vertical, colocando anclajes para mantener la cuerda firme ante la presión del torrente e intentando no tragar demasiada agua, me tomaron casi un par de horas. Desde aquí, el río caía otros tres metros en saltos cortos para desembocar en una cisterna. El techo era alto y los márgenes ofrecían bastante espacio para establecernos. Pero la segunda cascada, muy abierta hacia los lados, habría que afrontarla bajo el embate directo del chorro.

Volví arriba con las noticias. Jude y Rey habían calentado un poco de leche y, tras un breve descanso, recogimos los equipos y bajamos. Faltaban todavía veinticinco metros verticales, sin embargo, estábamos seguros de lograrlo.

El nuevo campamento resultó excesivamente húmedo. La aspersión de la cascada superior lo empapaba todo, y aunque manteníamos la comida y la ropa de dormir en bolsas plásticas, permanecer allí se hacía incómodo.

Jude localizó una buena cornisa para el próximo descenso. El agua nos daría menos problemas, al menos por un rato. Rey aseguró las cuerdas y ya se disponía a bajar cuando Jude lo detuvo.

—Me toca a mí —dijo.

La miramos en silencio. Clavar *spits* en una pared no es tarea sencilla, menos aún cuando tienes sobre la cabeza todo el peso de un caudal profuso. El ruido te desorienta, el agua no te deja ver ni respirar, y con cada martillazo el cansancio te va agotando hasta que ya no alcanzas a levantar los brazos. Si la cascada era alta, como suponíamos, Jude se vería en aprietos y su obstinación podía jugarle una mala pasada. Pero decirle sin más que no iba a lograrlo sería provocar un problema serio. Habría que escucharle todo su arsenal de insultos y argumentos feministas, aunque en el fondo no se tratara de ser mujer u hombre, sino de simple fuerza muscular, y en este sentido Jude no competía con nosotros; mas tampoco eso lo aceptaría de buen grado. «Ahora sí estamos jodidos», pensé. No obstante, Rey encontró una salida:

—¿Por qué no vamos los dos? —le sugirió con mansedumbre y Jude estuvo de acuerdo.

Los vi desaparecer en el torbellino espumoso y quedé solo, atento a la presión de las cuerdas y vigilando el nivel del río durante horas interminables. Por fin, cuando ya empezaba a temer lo peor, vi el casco de Rey asomarse entre las aguas.

—¿Todo bien? —pregunté con ansiedad.

Él terminó de salir y sonrió.

—Quince metros —dijo—, ganamos quince metros más —y zafándose el casco fue a sentarse en el borde interior de la cisterna.

Tenía los ojos y la piel irritados. Las manos le temblaron cuando agarró el jarro de café que le ofrecí. Tomó un trago largo, respiró profundo y añadió:

—Esta vez sí vamos a lograrlo. Faltan sólo diez metros.

Recogí despacio el campamento y esperé a que Rey se recobrara antes de bajar. La segunda cascada no terminaba en un estanque, sino que se iba inclinando gradualmente hasta una grieta casi horizontal. El río fluía vertiginoso al principio, después volvía a apaciguarse en una galería profunda donde era posible navegar. Allí, sentada en un saliente, Jude nos esperaba aterida.

Inflamos otra vez las balsas y dejamos que el río nos llevara. Todavía tratábamos de mantener un registro de nuestra exploración, pero desde que bajamos la segunda cascada las labores cartográficas se redujeron a un simple croquis sin exactitud. Estábamos exhaustos, el frío consumía deprisa nuestras ya menguadas energías y me venía con insistencia a la mente el temor de que un obstáculo nos impidiera alcanzar la salida. Remontar la corriente de regreso empezaba a parecernos imposible. Era el punto de no retorno, y la convicción con que Rey había dicho que íbamos a lograrlo se me antojaba una manera de darse aliento ante la certeza de que no había vuelta atrás.

Pronto escuchamos el estrépito de la tercera cascada. Sabíamos que no sería tan alta como las anteriores y eso nos animaba, aunque los rostros de Jude y Rey —y también seguramente el mío— reflejaban ya señales del extremo cansancio y la inquietud que nos embargaban.

La cueva giraba hacia el oeste y se iba ampliando hasta formar una laguna. En la pared izquierda, que ahora apuntaba casi al sur, varias coladas se adentraban en el lago y dejaban ver la boca de una galería más alta: era un cauce antiguo, el camino hacia un nivel superior que, en el peor de los casos, podía resultar un buen refugio. A la derecha, el río caía a través de varios saltos escalonados antes de lanzarse en la última cascada.

Una extraña claridad crecía en torno a medida que nos aproximábamos al borde. Muy cerca ya, un destello azul y luminoso nos golpeó los ojos. Era un pedazo de cielo, un haz de luz que se filtraba desde el techo a través de una claraboya. Apagamos las linternas y miramos en derredor. Un brillo tenue se esparcía sobre el agua y reflejaba en las paredes el ondular de la corriente. El aire traía ahora un olor distinto, un aroma sutil de bosque y tierra.

Jude gritó de alegría. Hubiésemos saltado sobre nuestras balsas de no ser por el peligro, todavía latente, de que el río nos arrastrara.

Remamos hasta un promontorio en la pared derecha, sacamos la balsa y nos asomamos a la cascada. Tenía apenas seis metros y se derramaba en dos saltos sobre una poceta. Había bañistas allí y, entre el ruido del agua, era posible oír los vagos acordes de una música distante.

—Esto huele a mierda —dijo Jude.

Tras años de sacrificio, el desánimo volvía a rondarnos. Muchas veces habíamos soñado con el momento en que por fin alcanzaríamos la salida de la cueva. Ahora ese momento había llegado, pero no estábamos felices. Nunca imaginamos que sería así: tan vulgar, tan poco digno de nuestro esfuerzo.

Instalamos las cuerdas sin hablar y descendimos. Abajo nos recibió el aplauso y la curiosidad de los campistas.

—Cerdos —murmuró Rey con acritud, señalando los estúpidos *graffiti* en las paredes y la basura que se acumulaba en todas partes: papeles, latas, bolsas plásticas.

Sucios y hambrientos, salimos al valle. Habían construido una cafetería junto al salón del resolladero. Un senderito con barandas de madera conducía hasta la carretera. Allí, en un kiosco de colorines, nos exigieron pagar el boleto de entrada.

De la intensidad a la ausencia

–¿Entonces?

Ya sabe el condenado que esos segundos escasos, cuando todavía el sol ilumina la piedra áspera a sus espaldas, ese olor de roca húmeda, y el roce de la brisa en su rostro, y la extraña familiaridad de su rostro, son la antesala de una oscuridad perfecta. Ya sabe el aroma de la pólvora, el sonido de la descarga frente al muro. Ha visto el muro acribillado, los coágulos secos, los casquillos. Ha escuchado la detonación y el silencio que sucede a la detonación, el llanto y la caída de los reos junto a esa pared donde ahora espera. Ya sabe que los soldados saldrán marchando por la izquierda, prepararán sus armas, apuntarán, y el fuego arrancará sus miradas del patio. Le ha ocurrido eso otras veces.

–¿Entonces qué?

Otras veces, después de fusilarlo, los soldados entraron marchando por la izquierda y el patio quedó vacío en medio del cuartel, su cuerpo vacío abandonado a una oscuridad perfecta, pero breve. Siempre fue más breve la noche que el largo día que la precedía. O, al menos, la penumbra de su muerte se le antojaba definitiva, irrevocable, durante las lentas horas previas a la ejecución. Morir era viajar de la intensidad a la ausencia, y la ausencia era un letargo del que al fin se amanecía. Lo sabía: ya otras veces había amanecido entre los cuerpos inertes sobre el fango.

–Dinos lo que sabes.

Ahora el fango chapoteaba bajo los pies de los soldados. Sus ojos densos rehuían mirarlo mientras tomaban sus posiciones a pocos metros. Las manos de los neófitos temblaban y el condenado se entregaba a fabular la condición de sus verdugos. Imaginaba el desayuno revuelto en sus estómagos, las pupilas dilatadas a propósito para no ver la expresión suplicante de su víctima. Imaginaba su propia expresión ante el disparo y un bulto amorfo cayendo hacia la noche. Quería imaginar la noche, pero algo en él se resistía y suplicaba hasta que el condenado abandonaba su juego. Miraba entonces al cielo con sumisión y esperanza, y murmuraba:

–Sé que estos segundos escasos son la antesala de una oscuridad perfecta, pero breve.

Así había sido antes, así es ahora que el fango se endurece en las botas del pelotón formado y los fusiles se alzan sedientos. El condenado mira al cielo más allá de los muros ásperos del cuartel. Los soldados disparan. El cuerpo cae apagado a la penumbra.

La penumbra o, al menos, la ilusión de una penumbra irrevocable: el simulacro. El condenado abre los ojos, mira suplicante al cielo raso y respira con dificultad el aroma húmedo de esa habitación donde se le permite fumar un último cigarro.

–¿Entonces? –pregunta el capitán.

–¿Entonces qué?

–Dinos lo que sabes.

El humo desgarra su garganta y se le atora en la faringe mientras acomoda la boca para hablar. Una franja de luz penetra por las hendijas evidenciando el piso sucio. Afuera los soldados desayunan. Sus jarros suenan metálicos golpeando contra la superficie pringosa de las mesas. También ha ocurrido eso otras veces.

Otras veces, tras ese incierto lapso en que, después de fusilarlo, los soldados entraban marchando por la izquierda y su cuerpo yacía abandonado sobre el patio, otros soldados salían por la derecha para traerlo aún inconsciente hasta esta sala. Entonces el capitán lo reanimaba, le ofrecía un cigarro, y preguntaba:

–¿Conoces el misterio de las balas de salva?

Pero ahora, quizás porque ya el condenado no se asusta con su ardid, el capitán desenfunda una pistola. Juega con ella entre las manos, convencido de que el reo observará atentamente cada movimiento. Saca el magacín, examina las balas, el seguro, el percutor, y vuelve a cargar su arma.

–Habla –dice–, te conviene –y sonríe a medias.

El condenado lo mira en silencio. Va a morir y lo sabe. Nada le importa ya, o casi nada. Ha soñado tantas veces con un mundo sin gendarmes, sin torturas ni maltratos; y más que soñar, ha luchado por lograrlo. Pero ahí está el capitán, ese tosco humano de subsuelo, mezquino y lóbrego, aunque impecable en su uniforme y su lenguaje: el pelo limpio y bien peinado, la sonrisa casi honesta, el trato en apariencias fraternal. Le ofrece otro cigarro y habla de la vida, de las incontables oportunidades que la vida ofrece, de sus hijos que aguardan en casa, de su mujer agobiada por la ausencia. El capitán sonríe y habla, intentando convencerlo de que nada va a cambiar en este mundo, de que ningún mártir inclinará jamás la balanza de la historia hacia su lado, de que es mejor que se adapte a las reglas y coopere.

Luego, con un gesto de fastidio, mira su reloj.

–Yo quiero ayudarte –dice–, pero tú no me dejas otra opción.

El condenado evalúa sus palabras: podría sentirse culpable, podría creer que en realidad ha sido él el causante de su propia desgracia. Pero no, ya conoce esa estrategia. Además, ha visto el muro acribillado, los coágulos secos, los casquillos, y sabe que esos segundos escasos son la antesala de una oscuridad perfecta, pero breve.

Afuera los guardias conversan, hacen chistes. Aquí, del otro lado de la puerta y sin dejar de sonreír, el capitán levanta su arma y le dispara.

Un día en Montauk Point

It's fixed and would appear unalterable. However, this does not mean that we are all relegated to being hopeless slaves of time manipulators. The subconscious has its automatic or hypnotic levels, but it also contains the seeds of freedom: dreams. If one can dream something, it can be brought into being.

Preston Nichols

Había comenzado a amanecer. El sol no asomaba aún por el horizonte y en el cielo gris de la madrugada, indiscernibles casi, un par de luceros brillaban todavía, como intentando con su leve resplandor alargar un poco más la gélida noche de inicios de la primavera. Pero las nubes se coloreaban ya de púrpura y en la avenida los faroles empezaban a apagarse uno tras otro. Alicia miraba sin interés, ante ella todo transcurría como de costumbre: la algazara de los pájaros entre el follaje de los árboles, el retorno gradual de la claridad, los ruidos cada vez más frecuentes de la pequeña urbe desperezándose en las afueras de la gran ciudad. Del otro lado del cristal de su ventana, el suburbio comenzaba sin sobresaltos el día, casi mecánico, y los eventos se sucedían como siguiendo un viejo guión bien ensayado.

Era la misma escena de cada mañana y, sin embargo, Alicia tuvo la súbita certeza de que el mundo —ese mundo estable y en apariencias feliz, su mundo— iba a cambiar de un momento a otro, drástica e irreversiblemente. Fue como si una señal de alarma se disparase en su interior, como si una luz roja empezara a parpadear en algún rincón de su inconsciente. No sabía qué, pero intuía que algo estaba a punto de ocurrir, algo grande, muy grande tal vez, y temió que nada volvería a ser como hasta entonces había sido.

Con la frente apoyada en el cristal y una leve angustia agitándole el pecho, miró las calles sumidas en la semipenumbra y bostezó, tanteando los ecos de ese extraño sentimiento que la embargaba e intentando hallarle alguna justificación. Era demasiado intenso para ignorarlo, pero no lograba descubrir por qué afloraba justo ahora, cuando todo parecía ir tan bien.

A su hora habitual, los carros de limpieza irrumpieron en el barrio con sus luces giratorias, sus escobas y sus regaderas. «Es un día igual a cualquier otro –pensó–, nada extraordinario va a pasar», mas no logró tranquilizarse.

Poco después, cuando los anuncios lumínicos animaban ya las vidrieras de los establecimientos y las familias salían a prisa de sus casas, Alicia regresó a la cama. Era tarde para volver a dormirse, pero tal vez un minuto más entre las sábanas la ayudaría a borrar esa inquietud repentina, ese indefinible pesar que la agobiaba.

–¿Te sientes mal? –preguntó Jorge al abrazarla.

Ella se dejó yacer junto a su esposo, respiró su aliento cálido y negó con un gesto. En silencio y casi contra su voluntad, le venían a la mente como imágenes muy diáfanas las más terribles posibilidades –guerras, terremotos, epidemias–, todas improbables, todas absurdas y, no obstante, todas oprimiéndole el corazón en dolorosos sobresaltos. «¿O será acaso que algo va a ocurrirnos *a nosotros*?», dudó, y un temblor brusco sacudió su cuerpo.

–¿Qué te pasa? –insistió Jorge.

—No es nada —murmuró Alicia y descansó la cabeza en su pecho.

Así estuvo, escuchando el rítmico latir del corazón de Jorge, respirando su olor y tratando de alejar de sí los malos pensamientos que la asediaban, hasta que el sol irrumpió por fin en la habitación y fue hora de levantarse para llamar a los niños.

La semana anterior, Jorge les había prometido llevarlos de picnic a la playa y Wendy se entusiasmó con la idea: aprovecharía la excursión para recoger caracoles y guijarros con los que haría luego una de sus graciosas «obras de arte». La niña había contado los días, y a medida que se acercaba la fecha, su euforia iba en aumento. Alicia sonrió al pensar en ella, Wendy mostraba un singular parecido con su padre, no sólo físico, sino también en los gustos y el carácter. George, en cambio, no se parecía a nadie. Era retraído, demasiado reservado y, para quienes no lo conocían, daba la impresión de ser un muchacho triste. Con apenas doce años, se adivinaban en él los primeros síntomas de una adolescencia problemática. A Alicia le preocupaba esto, pero no había manera de cambiar su temperamento, y aunque Jorge y ella se esforzaban para darle una vida estable aquí, sin conmociones ni disgustos innecesarios, sabía que ser inmigrante, incluso para un niño, significaba vivir todo el tiempo entre problemas. Trataban de ayudarlo sin protegerlo demasiado, porque a fin de cuentas era el propio George quien tenía que adaptarse.

—Al menos a ellos les será más fácil —decía Jorge, recordando los meses difíciles que siguieron a su llegada: el invierno, las dificultades para aprender el idioma, aquella frecuente sensación de que pertenecían a una especie distinta de humanos, casi inferiores, casi culpables. «A ellos les será más fácil», repitió Alicia para sí mientras avanzaba por el pasillo.

Abrió sin ruido la puerta y se detuvo a mirarlos. Dormían, y Alicia tuvo de nuevo aquella premonición absurda: una palpitación, un desasosiego súbito, como si algo oscuro e invisible se moviese en el fondo de su mente, abriéndose paso a través del bloqueo de su conciencia y pujando por salir a la luz. Imaginó un volcán en erupción, un chorro de lava y fuego, una fuerza brutal estallando de golpe tras años de acumularse lentamente. Jorge llegó junto a ella, ciñó su cintura y la besó en el cuello.

—Son dos preciosos volcanes —dijo—, ¿los despertamos ya?

Alicia se estremeció por la coincidencia, pero no dijo nada. Descorrió las cortinas, llamó a los niños y fue a vestirse. Jorge preparó el desayuno mientras los demás se arreglaban. Todos parecían de buen ánimo, incluso George, que se ofreció para acomodar los enseres en el auto, y en poco más de media hora estuvieron listos.

Conduciendo hacia el este, salieron de West Babylon y dejaron atrás la intersección que siempre tomaban cuando iban a las playas del sur. Jorge no paraba de cantar y hacer cuentos. Sabía que sus hijos estarían preguntándose adónde los llevaría esta vez, pero era una sorpresa.

—Ni siquiera mamá lo sabe, sólo yo —les había dicho, y Alicia se adhirió con gusto a su juego, pensando que a los niños les vendría bien conocer más de ese enorme país donde tendrían que crecer. Era conveniente ampliarles el horizonte, darles toda la confianza y la fuerza necesarias para que un día, de manera natural, llegaran a verlo como suyo y no sintieran, como sus padres, que un pedazo de su historia se había perdido para siempre y que habitaban un tiempo prestado, inmerecido casi, en un lugar al que no pertenecían.

Alicia y Jorge cantaron a dúo una vieja canción de los Platters. Afinaban pésimamente y todos se rieron, mas no importaba. Nada importaba tanto como esa alegría que la vida volvía a regarles: era una segunda oportunidad, una esperanza, y no iban a estropearla con discusiones pueriles.

Al pasar por East Hampton la inquietud de los niños era ya irresistible. Aflautando la voz, Jorge tarareó una fanfarria.

—Señoras y señores —dijo—, bienvenidos a Montauk.

Pero Montauk era sólo un pueblo más, pequeño e irrelevante como otros que habían dejado atrás en su camino, y George se sintió un poco defraudado. No se los hizo saber, no quería molestar a sus padres que rara vez se veían tan radiantes. Sólo se reclinó en su asiento, se acomodó los audífonos y se dispuso a pasar un día tedioso.

Eran casi las diez. Jorge guió su auto hacia la rampa de una gasolinera y anunció que se detendrían un momento.

–¿Falta mucho? –preguntó Wendy, que empezaba ya a cansarse.

–No mucho –respondió él.

Alicia entró con los niños a la cafetería mientras Jorge llenaba el tanque y parqueaba. Era un local agradable. Desde las mesas de la terraza, protegidos por un toldo y disfrutando de la brisa, podían ver una amplia franja del océano y las velas que desafiaban el oleaje mientras el sol ascendía en un cielo sin nubes. Pidieron refrescos y emparedados.

–¡Hace un día espléndido! –exclamó Alicia cuando Jorge llegó junto a ellos.

–Son ustedes quienes lo hacen espléndido –dijo él y la besó en la frente.

Si nueve años atrás, cuando recién llegaban, malheridos por un pasado terrible e incapaces de ver un resquicio de luz en el incierto futuro que se abría ante ellos, alguien le hubiese dicho a Jorge que viviría momentos como este, jamás lo habría creído. La vida había sido demasiado cruel con ellos, eran jóvenes, eran ingenuos, y la vorágine los había arrastrado en su violencia más allá de todo límite. «Somos víctimas –se decía Jorge–, nosotros también somos víctimas del terror». Y sin embargo, su cuerpo parecía tener conciencia propia, recuerdos propios, una manera muy distinta de ver las cosas: como si aquella violencia fuese su verdadera naturaleza, como si el arte de quebrar espíritus hubiese arraigado en él para siempre; y al mirarse las manos recordaba aquella etapa de su vida –el odio, la saña, la certeza de ser dueño del destino de los otros–, y temblaba de arrepentimiento y culpa. «Somos víctimas –se decía–, aunque somos también victimarios», y el miedo al castigo se apoderaba de él con la misma fuerza con que entonces, tantos años atrás, lo embriagaran el olor de la sangre y el poder inapelable que actuaba por sus manos.

Pero aquí estaban ahora, muy lejos ya de todo aquello, libres contra todo pronóstico, venciendo: Alicia sonreía otra vez después de tantas angustias, George era ya casi un hombre y la pequeña Wendy, que les naciera durante el segundo año de su estancia en Norteamérica, crecía ajena al horror que ellos tuvieron que vivir. «Quedan secuelas, sí –pensó Jorge–, siempre habrá secuelas, porque las huellas del pasado nunca se borran totalmente». Y respiró profundo, llenando sus pulmones con el olor del océano. «¿Qué más puedo pedir?», se preguntó, satisfecho.

Después de la merienda continuaron viaje. El faro de Montauk Point se alzaba junto a la costa sobre una colina discreta: una torre octogonal pintada de blanco y pardo, gastada por el tiempo y el mar, con la base roída y reparada muchas veces desde que, en la primavera de 1797, el operador Jacob Hill encendiera por primera vez sus linternas de aceite de ballena. Allí estaba aún, con su nueva lámpara automática y su orgullo incólume, el primer faro de Nueva York, irguiéndose a más de cincuenta metros sobre el agua y orientando el paso de los barcos hacia el estrecho de Long Island.

–Es un sobreviviente –dijo Jorge–, un vencedor como nosotros.

Escuchándolo hablar, Alicia pensó en los incontables obstáculos que habían tenido que sortear, las tantas veces que el mundo pareció cerrarse ante ellos; y recordó la fe de Jorge, su insistencia en que lo lograrían, su apoyo. Entonces comprendió la razón por la que los había traído a ese lugar.

–Un vencedor como nosotros –murmuró y sonrió orgullosa.

Jorge detuvo el auto y bajaron. El viento soplaba con fuerza desde el Atlántico y levantaba crestas que iban a romper sobre la playa rocosa. Un grupo de muchachos practicaba surf. El antiguo faro y la infraestructura militar de Camp Hero, abandonada ya por el ejército, eran ahora parte del parque estatal y la gente solía venir a recrearse. Pescadores, bañistas, vecinos de los pueblos cercanos y hasta turistas de otros rincones del planeta, interesados en la historia del lugar, caminaban por sus senderos.

El ambiente era apacible. Entre la vegetación que comenzaba a verdear después del invierno podían verse aún los viejos búnkeres de hormigón, el radar mohoso, las baterías de cañones instaladas durante la guerra: restos de un pretérito sombrío, como testigos de un tiempo de destrucción ya lejano y definitivamente superado. Sin embargo, Alicia sintió otra vez la proximidad de un cambio. Miró a sus hijos caminar animados de la mano de Jorge, atentos a sus interminables historias, riendo de sus bromas; y recordó el chasquido de la electricidad sobre la carne quemada, el olor nauseabundo de la sangre, la embriagadora sed de muerte y vejaciones, esa sed que tantas veces había sentido crecer en su garganta mientras escuchaba los gritos, los gritos salvajes de los torturados y los torturadores, revueltos en un mismo frenesí de dolor y poder, de odio y lujuria... Todo volvía ahora a su memoria, confundido y amplificado por esa rara sensación de angustia; sentía la cercanía de un cambio imprevisible, como si ese equilibrio, esa felicidad que habían logrado al cabo de tantos sufrimientos, fuese sólo un espejismo, un sueño fugaz presto a esfumarse para dejarlos desnudos, acorralados e indefensos ante la ira sin límites del hombre, aquella ira que ellos mismos habían cultivado.

Jorge notó que Alicia se quedaba atrás y regresó a buscarla mientras los niños corrían hacia la playa.

–¿Qué te ocurre –preguntó–, te sientes bien?

–Son las piernas que me duelen –mintió ella–. Debe ser la humedad, hay demasiada humedad aquí.

Jorge la tomó del brazo y la ayudó a descender por el empinado camino que bajaba hasta la orilla. Sentados sobre una roca, tomaron el sol y hablaron hasta que George se aburrió de recoger caracoles y quiso subir a la torre del faro. Su padre fue con él y Alicia se quedó cuidando a Wendy, que entre los caracoles y los guijarros había encontrado un curioso artefacto.

Era un pequeño cilindro, una especie de balín de acaso una pulgada de largo y cinco milímetros de diámetro, con un agujero transversal en cada punta. Alicia supuso que se trataba de un rodillo de cojinete, quizás parte de alguna pieza abandonada por los militares, pero le llamó la atención que el metal, muy bruñido y lustroso, no se hubiese oxidado bajo la acción corrosiva del salitre. Parecía nuevo.

Escarbaron juntas y descubrieron más, todos iguales, tan ligeros que un puñado de ellos apenas pesaba en su mano.

Nunca habían visto algo así. Wendy estaba feliz con su hallazgo, pero a Alicia le empezaba a resultar extraño y sintió miedo. Envolvió los objetos en un pañuelo y los guardó en su bolso.

Ya se disponía a regresar en busca de Jorge cuando un hombre apareció en el sendero. No lo había notado antes, tenía la apariencia de un pescador, pero parecía llevar un buen rato allí, agazapado entre las piedras al borde del camino, espiándolas.

–*You shouldn't dig too much* –dijo el hombre–, *God only knows what you could find*[1].

Alicia tomó a Wendy de la mano y apuró el paso. Él apartó las piernas del camino y sonrió.

–*This place is cursed* –añadió en voz baja cuando Alicia pasó a su lado–. *Some awful things have happened here in the past, and they might just start over once again*[2].

---

[1]   No deberían escarbar mucho. Sólo Dios sabe lo que podrían encontrar.

[2]   Este lugar está maldito. Cosas horribles han ocurrido aquí en el pasado y podrían comenzar a suceder otra vez.

Ella no se detuvo. Sólo lo miró fijamente y aferrando la mano de su hija subió a la carretera. Jorge y George venían ya de regreso y se las tropezaron a la entrada del faro.

–¿Te sientes bien? –le preguntó Jorge por cuarta vez en el día.

Alicia estaba pálida y nerviosa, las manos le temblaban y un sudor frío le humedecía la frente, pero no quiso hablar del asunto.

–Creo que es el hambre –dijo–. Ya es casi la hora de almuerzo.

Subieron al auto. George hubiese querido ver todavía el museo militar, pero su padre le prometió volver en otra ocasión. Comieron pizzas en Montauk y regresaron a casa.

–Mamá, enséñales lo que encontramos –pidió Wendy cuando llegaron.

Alicia desató el pañuelo y lo puso sobre la mesa. Jorge tomó uno de los cilindros y lo examinó atentamente. Era tan ligero que apenas notaba su peso.

–Parecen tan nuevos –comentó George–, ¿cuánto tiempo llevarían allí?

–Yo los descubrí –se ufanó Wendy–. Estaban enterrados en la playa.

–¿En la playa? –murmuró George y acercó una lámpara–. Increíble –dijo–, tendrían que haberse oxidado. ¿Qué metal será este, papá?

Alicia los dejó y se fue a la cocina. Eran pasadas las cinco de la tarde, el sol descendía ya sobre los techos del pueblo y la gente regresaba a sus casas tras una jornada de trabajo. Pronto comenzarían a encenderse los faroles del parque y las aves volverían a sus nidos. Asomada a la ventana, miró largo rato la calle y pensó otra vez en esa absurda premonición que la mantuviera tensa todo el día. Le pareció ahora tonta, un simple juego de su mente atolondrada, y se dijo que no debió haberle dado importancia.

Jorge se asomó a la puerta y la llamó.

–Tenemos algo para ti –anunció.

Ensartando los cilindros con un sedal de pesca, los muchachos habían hecho un brazalete. Wendy se lo colocó mientras George le ajustaba el broche de una vieja cadena.

–Gracias –dijo sorprendida Alicia–, es preciosa. ¿Y por fin supieron de qué eran todas esas piezas?

–Creo que son pasadores –conjeturó Jorge–, o algún tipo de ejes… En fin, no sé de qué serían. Tal vez estaban allí para esto –añadió con una sonrisa pícara–, ¿no te parece?

Alicia asintió y volvió a mirar su brazalete. Sus propios hijos lo habían hecho para ella y se veía bien en su mano, pero le preocupaba la advertencia de aquel hombre: algo terrible había ocurrido en Montauk Point y quizás esos objetos guardaban alguna relación con el asunto. «O será algún loco», pensó para tranquilizarse. En todo caso, indagaría en la web a ver qué encontraba, aunque no iba a defraudar a su familia rechazando su regalo. Besó a los niños y volvió a agradecerles.

Esa noche, cuando por fin los muchachos se durmieron, buscó en el ordenador y se sorprendió al hallar una serie de artículos que involucraban a la base militar de Montauk con experimentos secretos. Se hablaba de viajes en el tiempo, de control mental, de extraños monstruos que aparecían en la playa y cosas por el estilo. Había incluso fotos, copias de documentos, libros escritos por personas que participaron en aquello. Alicia no le daba crédito a sus ojos.

–Mira esto –le dijo a su esposo–, necesito que veas esto.

Jorge leyó las páginas mientras Alicia le contaba lo que aquel hombre le había dicho. Luego se levantó de la silla y, sin hablar, caminó hasta la mesita de noche y tomó el brazalete.

–¿Quieres que lo bote? –preguntó.

–No –murmuró ella–, pero no sé qué pensar. Todo esto es tan absurdo y, sin embargo, he tenido unas premoniciones muy raras.

–¿Premoniciones?

Alicia se cubrió la cara con las manos y comenzó a sollozar. Él dejó el brazalete junto al ordenador y la abrazó. Temblaba, y Jorge recordó los días de su recuperación, las crisis de pánico, las pesadillas, aquella sensación de que alguien los vigilaba todo el tiempo. Les había costado mucho recuperarse y ahora, de pronto, el terror regresaba.

—Nada va a cambiar, ya verás.

Alicia lo miró a los ojos con una mezcla de rabia y pánico. Odiaba cuando le hablaba en ese tono paternal; odiaba su superioridad, su arrogancia, esos argumentos ingenuos con que la ninguneaba. Intentó zafarse de su abrazo y Jorge la retuvo.

—Cálmate —insistió él—. Es normal que tengas miedo, pero hay que ser fuertes o lo perderemos todo: los niños, la vida que tenemos...

—Tú no entiendes —protestó Alicia.

—Sí entiendo, sí —murmuró sin soltarla—, a mí también me ocurre a veces. Es sólo que hemos sufrido demasiado y el pasado nos atormenta. Pero tenemos que dejarlo atrás, tenemos que mirar adelante. Piensa en todo lo que hemos logrado, eso es lo único que importa ahora, lo que logramos: nuestros hijos, nuestra casa; no los fantasmas del pasado. El pasado ya pasó, y nunca volverá, nunca.

Hizo una pausa para comprobar el resultado de sus palabras. Alicia se había cansado de forcejear y apoyaba con languidez la cabeza en su hombro. Lloraba aún, aunque parecía más tranquila. Le apartó el pelo del rostro y la besó en la frente.

—En cuanto a esos experimentos —añadió—, son sólo embustes, cuentos de camino para atraer a los turistas. ¿De verdad tú crees que se pueda viajar en el tiempo?

Alicia sonrió.

—Tienes razón —murmuró—, he sido una tonta —y respiró profundo, aferrándose mentalmente a Jorge y a los niños, intentando convencerse de que mientras estuvieran juntos nada malo podría suceder.

Pero una hora después, cuando ya habían apagado las luces y Jorge dormía junto a ella, Alicia volvió a sentir la misma premonición. Abrió los ojos, miró al techo y se preguntó qué podría ser aquello, cómo impedir ese peligro que se les venía encima, oscuro y siniestro como una sombra, como un viento helado robándoles la calma, despertando los demonios de un tiempo que creía ya vencido para siempre.

Se levantó sin hacer ruido y caminó hasta el clóset. Allí, oculta en el fondo de un estante, Jorge guardaba una pistola. Alicia la tomó en sus manos y se fue con ella a la ventana.

El pueblo dormía, las estrellas brillaban en el cielo nocturno y en el parque los árboles aguardaban inmóviles un nuevo amanecer. «¿Será un día como cualquier otro? —se preguntó—, ¿o será tal vez cuando todo ocurra?». Quitó el seguro del arma y se llevó el cañón a la boca. «En todo caso —pensó—, no me agarrarán con vida».

HAROLD Y SU MÁQUINA

> Cada noche la misma pesadilla,
> cada noche el rigor del laberinto.
>
> Jorge Luis Borges

En noches como esta, cuando la frustración desembocaba en el insomnio, Harold trabajaba en su artefacto. Durante años que ya le parecían insufribles pulió en su mente cada pieza, diseñó cada pequeño mecanismo, calculó los riesgos y los gastos de su proyecto y lo fue llevando a término, sin prisa, sin descanso, anticipando la hora en que echaría por fin a andar su máquina del tiempo.

Sentado en el taller, con los ojos irritados por el agotamiento, soñaba los detalles de su viaje. Lo imaginaba así: leve y eficaz como una ausencia instantánea, como un resurgir en circunstancias más propicias. Sin ruido apenas, partiría, sin efectos especiales ni periodistas ansiosos informando a la teleaudiencia desde el umbral de su puerta. Entraría en el futuro como quien regresa a casa, seguro de llegar allí donde siempre debió estar.

Ahora, cuando era ya inminente su partida, Harold miraba su máquina en la semipenumbra –ese aparato inerte, casi absurdo, tan en contraste con el destartalo del taller– y repasaba uno por uno los momentos más significativos de su historia: su niñez, la muerte de sus padres, esa ruinosa gasolinera que había heredado de ellos al cumplir los dieciocho y que había sido su cárcel hasta hoy: un establecimiento sucio y polvoriento al pie de la autopista, intentando con sus luces de neón y su antigua *jukebox* sobrevivir al desierto que se extendía en derredor, árido y fatal como ese presente gris que había sido hasta ahora su existencia.

Nada hallaba aquí capaz de retenerlo, nadie a quien decir adiós o ven conmigo. Así de prescindible se creía: un simple humano del montón, tan anónimo como la arena y el viento, como una más —casi invisible— entre las incontables estrellas de la noche, con menos valor, sin duda, con menos luz. Un número, una gota, un átomo, la sombra de algo en plena oscuridad; eso era Harold para el mundo que habitaba, y el mundo era para él, en consecuencia, solo un hueco, un vacío isótropo e insípido, una costra de vulgar herrumbre sobre sus magras ilusiones. Una costra que, definitivamente, hoy se arrancaría.

«Ya es la hora —pensó—, todo está listo», pero se mantuvo un rato más así, mirando en derredor y palpando el metal bruñido de su máquina, como si necesitara todavía decidirse. Luego subió por fin a la cabina, se sentó ante el panel de mando, fijó el destino y, conteniendo la respiración, presionó el botón de arranque.

Afuera la madrugada se tornaba densa. El farol de la gasolinera dibujaba fantasmas de luz en la niebla mientras un perro viejo y sin nombre se rascaba las pulgas sobre el asfalto. En la máquina, sin embargo, todo parecía quieto. Demasiado quieto tal vez, se dijo mientras el tiempo se precipitaba veloz hacia delante en la pantalla del reloj.

Tras una sacudida leve y una serie de zumbidos el indicador se detuvo y el aparato quedó otra vez inmóvil. Habían pasado treinta años, o al menos eso decía la pantalla. Harold podía sentir en sus sienes el palpitar acelerado de la sangre. Las manos le sudaban y en el pecho su corazón desbordaba de una ansiedad incontrolable, pero afuera el mundo parecía ser aún el mismo: cada mueble polvoriento en el taller, cada estante afianzado a la pared y, allende la ventana, el seco desierto de siempre, la misma madrugada espesa con su silencio asolador y su neblina fría y penetrante.

–Soy un estúpido –se dijo con una rabia casi mansa. Suspiró, abrió la escotilla y bajó de la máquina.

Faltaban acaso tres horas para que el sol se elevara otra vez por encima de las dunas y la rutina lo llamara a su puesto de trabajo tras el sucio cristal de la gasolinera.

Harold se tiró en la cama y cubrió su cabeza con la almohada, pero no podía dormir. Los grillos cantaban en la madrugada: un coro de felices criaturas ajenas a la vasta desolación, al sinsentido y la inopia de sus días. «Se burlan –pensó–, yo sé que se burlan». Una extraña angustia lo agobiaba, un deseo de escapar de todo y de sí mismo que la calma de la noche hacía más intenso.

–¿Cómo es posible? –murmuró–, ¿en qué he fallado?

Saltó descalzo al piso y corrió hacia la puerta. Afuera el mundo parecía muerto, minúsculos fragmentos de vidrio brillaban en la autopista bajo una luna casi irreal, y Harold pensó en todo el tiempo que había invertido en su proyecto: años aferrado a una esperanza acaso absurda, meses que se fundían en esa suerte de inmovilidad viscosa que era su presente, una vida gastada en el mero esfuerzo por sobrevivir, sin éxito, sin trascendencia.

Salió al portal y respiró profundo. No había olores, ni más sonido en la brisa que el ruido estridente de los grillos en la hierba rala del jardín y el canto ocasional de un búho cazador. No había movimiento ni incitación alguna en su desierto. Solo frío y paz: «Una paz de muerte –pensó–, una paz hecha de polvo».

Regresó adentro y volvió a subir a la máquina. Sentado ante el panel de mando sollozó en silencio hasta vaciarse. Luego ajustó un destino mucho más remoto en el futuro.

–Vamos –dijo–, tienes que funcionar –y presionó con fuerza el botón.

La máquina se estremeció unos segundos y se detuvo otra vez. Harold miró en torno: lo mismo, todo lo mismo, el taller ruinoso, el polvo sobre los muebles raídos, afuera la muda inmensidad nocturna con su vieja luna y su frío y sus animales inconscientes; todo inmóvil, eternamente inmóvil y vacío.

–¡Cacharro de porquería! –gritó de pronto, pateando con furia los controles–. Eres un pedazo de basura asquerosa –dijo, sintiendo la ira crecer y desbordarlo.

De un manotazo arrancó una palanca.

–Eso es lo que eres –sollozó–, un montón de basura –y golpeó cada pieza de su cabina hasta hacerla saltar en fragmentos.

Después, cansado por el esfuerzo, echó la cabeza hacia atrás en su asiento, cerró los ojos y examinó mentalmente cada detalle del sistema: los circuitos, las febriles teorías de la física del tiempo, la calidad de los materiales que empleara... Todo había sido previsto y ejecutado con minuciosa exactitud; sin embargo, inexplicablemente, nada funcionó.

–¿Dónde está el error? –se preguntó, llorando.

Cuando el reloj despertador comenzó a sonar, Harold lo miró fríamente, como si mirase a un enemigo. Triste, casi exánime, se estuvo así, sin moverse, hasta que el sol empezó a filtrar entre las viejas cortinas, dándole en la cara.

Entonces bajó de su máquina, caminó con pesar hasta el baño y miró su rostro en el espejo.

Primero fue la sorpresa, el miedo, la incredulidad. Una brusca explosión de sentimientos contrapuestos invadió su pecho, robándole el aliento. Luego, la imagen se le hizo poco a poco comprensible: esos labios, ese lunar, esa minúscula cicatriz casi oculta entre los vellos de la ceja izquierda, eran parte de él. «Es mi rostro –pensó–, soy yo mismo». Pero, ¿y esas canas, y esa tupida red de arrugas que surcaban ahora su piel, y esa flacidez en sus cachetes, y el gris apagado de sus iris, como si una vida entera hubiese pasado súbitamente por su cuerpo, eran él?

Alzó sus manos temblorosas y las observó en silencio. Pálidas, nudosas, envejecidas de golpe, eran sus manos, sí, pero habían dejado de hacer tantas cosas que, pensó, serían ya imposibles.

Harold se apartó del espejo con la sensación de que su vida entera se había escurrido ante él, robada, escamoteada sin remedio. Volvió al taller, miró la máquina en ruinas que de pronto le pareció un artefacto feo, hostil, casi diabólico, y comprendió que la mayor parte de sus días había trascurrido allí, en esa cabina, sumido por su propia voluntad en un extraño letargo. Él mismo, con su afán, se había arruinado la existencia, y su tiempo, el poco tiempo que le quedaba, era ahora nada, apenas suficiente para comprender su estupidez. Vio sus sueños vacíos, sus planes postergados hasta hacerse irrealizables, su cuerpo gastado por una vida que se agotó sin vivirse, sin sentido.

Avanzó tropezando hasta la puerta y miró afuera. Un remolino de arena se alzaba desde las dunas más allá de la autopista. El sol brillaba detrás, difuso entre el polvo y la neblina. La nube voló sobre la vieja gasolinera, borrando los contornos de las cosas, sumiéndolas en una tenue penumbra, y el perro se levantó con desgano del portal, se sacudió y corrió a guarecerse en el taller.

La autopista era ya apenas una sombra, un espejismo. Harold sonrió con dolor, cruzó los brazos sobre su pecho y paladeó el sabor salado de la arena. El viento golpeaba fuerte su cuerpo, erosionándolo, arrancándole minúsculos fragmentos que echaban a volar disgregados, como un puñado más de polvo en el desierto.

Big Freeze

En la televisión volvía a la carga el mismo comediante estúpido. Su voz resonaba demasiado estridente en la habitación, atiborrada de sarcasmos y prejuicios que no lograban hacer reír a Pete. Era más bien repulsivo, venenoso, y Pete se preguntaba si aquella masa de televidentes acéfalos que lo elogiaba comprendería alguna vez su mediocridad.

—Me tienes harto —protestó por lo bajo y apagó el televisor.

En su cuarto, ajena a todo lo demás, Hanna seguía enfrascada en su batalla contra las corporaciones que deforestaban el viejo bosque donde había transcurrido su infancia. Releía las noticias recortadas de los diarios, evaluaba los impactos ambientales y organizaba nuevas estrategias para su grupo de acción, intentando no preguntarse cuánto tiempo más podrían dedicarle a su cruzada. Tras dos años de mítines y breves escaramuzas que casi nunca llegaban a los medios, la gente comenzaba a perder impulso. Muchos lo habían dejado, y aunque Hanna sabía que la suya era una guerra perdida de antemano, sentía que era necesaria. Pete la admiraba por eso, pero en los últimos meses ya no le resultaba divertido. Aquello se había convertido para su mujer en una especie de obsesión: era difícil hablarle de otras cosas o, simplemente, salir a caminar con ella sin que el paseo se tornara una tortura. Siempre, en el momento más inesperado, el carácter de Hanna se ensombrecía y la conversación volvía a caer en el sensible tema de las corporaciones y los ecosistemas degradados.

–Son unos bastardos –decía ella y ya no había forma de pararla.

Pete regresó al estudio y cerró sin ruido la puerta. Necesitaba un cambio, una especie de tregua ante el hastío, un nuevo aire, una ilusión que les devolviera a Hanna y a él el ímpetu de los primeros años, la alegría que poco a poco, entre fracasos y rigores casi siempre excesivos, habían olvidado. Necesitaba que ella entendiera, aunque no quería exigirle. A fin de cuentas, ya habían hablado varias veces sobre eso y las conversaciones terminaban sin remedio en discusión.

Afuera el otoño comenzaba a teñir las hojas de los árboles. Los días eran cada vez más cortos y un viento todavía fresco arrastraba en remolino las hojas sobre el asfalto. Pronto empezaría a nevar y los días se harían grises, pero aún el cielo seguía siendo azul y, por encima del techo a dos aguas de su casa, Pete podía imaginarlo claro y limpio, como pintado en Photoshop.

Tomó su guitarra y ensayó un par de acordes. El sonido de las cuerdas rebotó casi melancólico en el enchapado de las paredes, casi rabioso, un mal remedo de los tiempos en que sacaba de su guitarra gritos auténticos, himnos que estremecían al auditorio y que los jóvenes repetían como propios. Sin embargo, ya los tiempos habían cambiado, la juventud de ahora era distinta: más *light*, menos interesada en gruñir o lanzar piedras contra el muro. Para ellos el muro simplemente no existía, no lo veían, no querían verlo. Les bastaba sumergirse en su burbuja virtual, conectados a la red, inaccesibles en aquel mundo imaginario que otros diseñaban para ellos. Pete, por el contrario, se había vuelto cínico y descreído, una suerte de *steppenwolf* fuera de moda, y le costaba sintonizar con esos muchachos flojos. Eran demasiado dóciles, demasiado ingenuos ante el asedio de la gran industria del entretenimiento.

Dejó la guitarra. Hoy no era uno de sus mejores días y la inspiración no iba a lograr trasponer esa dura coraza de desaliento que lo cercaba. No tenía sentido insistir. Llevaba meses así, sin creatividad, sin magia, y ya el vacío lo asfixiaba. Estaba embotado y torpe. No encontraba nada que decir, nada que le resultara valioso o nuevo. Pensó en una música hecha a base de golpes y ruidos comunes, voces tomadas de aquí y de allá, sin intención de canto: motores, detonaciones, alarmas: una armonía brutal, incandescente, algo entre Vangelis y Sex Pistols. Pero la idea dejó de entusiasmarlo tan pronto como vino.

«Estoy muerto», pensó y una ola de angustia agitó su cuerpo. Fue una sacudida breve e intensa, como un despertar fugaz, apenas un destello. Y presa todavía de esa sensación se acercó a la ventana, descorrió la cortina y miró a través del cristal el parque solitario, las casas cerradas del otro lado de la calle: todo en silencio, todo retraído y frío, casi extinto, como su propio fuego interior.

Se apartó de la ventana y regresó al cuarto. Hanna escribía en su laptop, despeinada y frenética, como si la fuerza de sus dedos golpeando las teclas pudiera devolverle el color a las colinas. Miró su cuerpo, sus pechos todavía firmes insinuándose a través de la bata semiabierta, los labios con su eterna expresión de protesta, un poco infantiles, enrojecidos por el hábito de morderse mientras pensaba.

Ella levantó la vista y sonrió con un gesto automático para volver a su trabajo. Pete la observó un rato más, saboreando sus pechos en silencio y recordando los días en que una laptop jamás se interpondría entre ellos. Eran los días de la esperanza, cuando las guerras se ganaban a base de sexo y rock and roll. Ahora, sin embargo, la guerra era eterna y el rock cedía su lugar ante la frívola sonoridad de las discotecas. «Sonoridad», decía, porque aquellas fabricaciones jamás merecerían el calificativo de música.

–¿Qué quieres? –preguntó Hanna sin mirarlo.

Pete sonrió y negó con la cabeza. No había nada que hacerle.

—Voy a dar una vuelta —dijo.

En otra época hubiese añadido: «¿Quieres venir?», pero ya cono-cía la respuesta. Así que tomó las llaves de su auto y se fue.

¶

Hanna alzó la cabeza cuando escuchó la puerta del garaje cerrarse. El dolor de la espalda volvía a molestarla, tenía los mús-culos del cuello tensos, las manos agarrotadas de escribir, y a pesar de todos esos inconvenientes se sentía feliz. Estaba convencida de que las cosas iban a cambiar muy pronto. Había hecho contacto con grupos similares a través de toda Europa, coordinarían sus esfuerzos y los medios no podrían ignorarlos por más tiempo. Se apartó el pelo del rostro, suspiró y caminó hasta la ventana. El Porsche de Pete se alejaba veloz hacia el oeste, recién pulido y pintado, demasiado llamativo para su gusto. «Casi tan orgulloso como su dueño», pensó y una sonrisa irónica se dibujó en sus labios.

Fue a la cocina y se preparó una taza de té. Le hubiese venido bien salir un rato, pero Pete se había ido sin darle la menor opor-tunidad. Probablemente, como otras veces, conduciría sin rumbo durante un par de horas, dejándose llevar por el tráfico, hasta ter-minar en alguno de esos pueblos costeros de la periferia, mirando la bahía y recordando el espíritu de los sesenta.

—*The good old sixties* —murmuró en inglés y salió al patio.

La temperatura había descendido bastante. El frío estremeció su cuerpo y en un segundo sintió su piel erizarse bajo la ligera tela de su bata. Mas no entró corriendo en busca de abrigo, quería percibir la gradual llegada del invierno, dejar que el aire gélido estimulara otra vez su carne adormecida por el tibio confort de la casa y guardar en su memoria —antes de que la nieve diera cuenta de ellos— los olores del jardín, el verde de la hierba, la blanda espesura de la tierra bajo sus pies.

En los canteros, las últimas flores del otoño se abrían en busca de un sol que ya empezaba a menguar. Los tallos perdían fuerza, las hojas caducaban y pronto caerían quemadas por la nevisca. Hanna se sentó en su silla de roble, bebió un sorbo de té y miró en silencio las plantas. Otro invierno se acercaba, oscuro y arduo, y la vida quedaría latente bajo la tierra helada, esperando una nueva primavera.

De pronto, sin saber por qué, la tristeza y el cansancio se adueñaron de su espíritu. Hanna apoyó su espalda a la fría madera, alzó la vista al cielo y dejó escapar una queja. «Envejezco», se dijo, apretando la taza caliente entre las manos, y volvió a recordar aquellos años juveniles –*the good old sixties*–, cuando todavía el mundo parecía simple, moldeable ante el empuje de una generación llena de brío y esperanza. Mucho había cambiado desde entonces, sí, aunque no para bien. Era difícil conservar la alegría, era difícil sobrevivir a tantas decepciones sin perder la ilusión, el sosiego, los deseos de luchar.

Su vida pasaba ahora ante sus ojos como una sucesión de combates y treguas fugaces, al cabo de los cuales, lentamente y casi sin darse cuenta, se había ido agazapando en el limitado ámbito de su hogar, su barrio, sus amigos, la compañía de Pete... Todo había girado siempre en torno a ese santuario frágil, una patria pequeña, un antiguo sueño desgarrado por los golpes y al que aún se aferraba con las uñas, con los dientes: aquel bosque donde sus abuelos le enseñaron a amar la vida, y donde poco a poco la vida comenzaba a caer bajo las sierras voraces de las corporaciones.

Hanna se levantó con torpeza y regresó adentro, tiritaba. Con las manos ateridas frotó su rostro reseco, sus brazos amoratados e insensibles, y corrió al cuarto para calentarse entre las sábanas. Miró un momento su laptop, pero no estaba ahora de ánimo para escribir. Se acurrucó en una esquina de la cama y, con los ojos cerrados, pensó otra vez en sus abuelos, en la cabaña del bosque

—tan rústica y sólida, tan llena de encanto— donde transcurrían sin prisa, como un único día, los fines de semana de su niñez. Luego, en la adolescencia, había preferido la ciudad, las fiestas, el ritmo vibrante de la juventud; y la vieja cabaña fue quedando cada vez más relegada. No podía imaginar entonces que tantos años después añoraría aquel tiempo. Y sin embargo ahora, cuando la vida en la ciudad se le tornaba una rutina demasiado artificial y ominosa, sólo quería regresar allí, refugiarse entre las toscas paredes de troncos y llenarse los pulmones con el aire denso del bosque.

❡

Pidió un zumo de naranja y acomodó la silla para ver mejor en derredor. La gente conversaba y bebía en las mesas cercanas, intentando construir una burbuja de intimidad que los aislara del resto. La música *techno* llenaba sin estridencias la atmósfera cálida del local con un espíritu eléctrico, impersonal, que ayudaba a mantener la distancia entre extraños e inducía a los conocidos a hablar libremente.

El camarero trajo su pedido y Pete tomó un sorbo para humedecerse los labios. En la mesa de al lado dos personas hablaban animadamente sobre un tema que de pronto le pareció inverosímil: el destino final del universo. Pete sonrió. Hubiese sido una indiscreción voltearse para mirarlos de frente, aunque le resultaba singular esa pasión cosmológica. «Tal vez sean estudiantes», se dijo y recordó aquella época cuando, al salir cada tarde de la universidad, se iba a un bar con sus compañeros de clase para, entre cervezas y chistes, discutir las teorías más actuales de la ciencia. «¿Tan poco ha cambiado el mundo?», se preguntó y aguzó los oídos.

—El universo se expande —argumentaba uno—. Antes se pensaba que al llegar a cierto punto la expansión se detendría y que entonces volvería otra vez a contraerse —hizo una pausa. Pete supuso que intentaba añadir un toque de dramatismo a su explicación–. Esa teoría se conoce como *Big Crunch*, el gran colapso. Fue muy popular por un tiempo, si bien ya no parece muy probable.

–¿Por qué no? –preguntó el otro, visiblemente interesado.

Pete tomó un trago largo y los observó con interés. Uno de ellos estaba cerca de los cuarenta años, el otro no llegaba a los veinte. Ambos vestían de manera casual y bebían cócteles rojizos en vasos estrechos. A primera vista, Pete imaginó que era el mayor quien hacía de maestro, pero enseguida vio que estaba equivocado. El muchacho retomó su discurso, habló de la densidad del universo, las leyes de la termodinámica, la materia oscura y otros conceptos que a Pete se le escapaban. Su conclusión, no obstante, fue categórica y clara: el universo se expandía indefinidamente.

El hombre pasó un dedo por el borde de su vaso y dudó unos segundos.

–¿Indefinidamente –preguntó incrédulo–, qué significa eso?

Pete no pudo evitar sonreírse ante la torpeza de su pregunta. Era obvio que aquel pobre señor no podía concebir sin angustiarse un universo que se expandiera sin límites por toda la eternidad. «Como una goma de mascar súper elástica», pensó Pete con ironía. La idea en sí misma era angustiosa, sí, aunque no había que tomársela muy a pecho: si el universo quería expandirse más allá de lo imaginable, bien, que se expandiera, pero que después no añorara contraerse. Ahí estaban las leyes de la termodinámica para impedírselo.

El muchacho volvió a la carga.

–Quiere decir –dijo despacio, con una entonación que a Pete le pareció petulante– que si el universo se expande indefinidamente, llegará a un punto crítico en que el tejido mismo de la materia se desgarrará en una sopa uniforme de elementos subatómicos.

El hombre lo miró sin comprender.

–Las galaxias colapsarán en huecos negros –añadió el joven con énfasis casi histriónico–, los astros se apagarán y todo, absolutamente todo, se enfriará para siempre en una oscuridad perfecta. No habrá ya estrellas, ni planetas, ni movimiento, ni vida posible… nunca más. Eso es lo que se conoce como la muerte térmica del universo, el *Big Freeze*, el gran gemido.

Pete no había escuchado hablar jamás de aquella teoría. Quizás fuera nueva, pero en todo caso le pareció muy a la medida de la taciturna humanidad contemporánea. «Este chico es un *nerd*», se dijo, y sintió un poco de pena por aquel hombrecito indefenso ante los desmanes de la ciencia.

Terminó su zumo de naranja y salió. Anochecía deprisa. Una brisa gélida arrastraba las hojas marchitas sobre el asfalto y, del otro lado de la calle, en grandes letras rojas, un anuncio de neón ofrecía antídotos pasajeros contra el destino final del universo.

«Ese par de tontos debería entrar allí y olvidarse de todo, al menos por un rato», pensó y apuró el paso para llegar caliente al Porsche.

¶

Hanna se preparó otra taza de té y fue a recostarse en el sofá. En la televisión volvían a la carga los mismos periodistas estúpidos y la exasperaba escucharlos llenar el tiempo con parloteos y lugares comunes. Cambió de canal varias veces pero ningún programa lograba animarla. Estaba inquieta, ansiosa, y no alcanzaba a pensar con coherencia en algo sin que ese deseo recurrente volviera a distraerla. Húmeda, con la sed latiendo entre sus muslos, apagó el televisor y volvió al cuarto.

—Concéntrate —dijo para sí y se acomodó la laptop sobre las piernas.

Pete había llegado a casa hacía poco más de una hora y se había ido directamente al estudio, sin siquiera saludar. Podía escucharlo repetir el mismo arpegio en su guitarra, una y otra vez, tentando una inspiración que lo esquivaba. «Pobre Pete», pensó y recordó la fuerza con que antes hacía vibrar las cuerdas, siempre desaforado, siempre seguro de sí mismo, como un loco genial e irreverente. «¿Dónde ha quedado toda aquella pasión?», se preguntó con pesar y sin mucho entusiasmo miró en la pantalla los documentos con que había trabajado todo el día. «¿Y dónde ha quedado mi propia pasión?», volvió a preguntarse.

Con un gesto de cansancio dejó la laptop sobre la cama y dudó un segundo antes de asomarse otra vez a la puerta del estudio. Pete estaba de pie ante el cristal de la ventana, tocaba con la guitarra colgada del hombro y los ojos cerrados. Lo miró en silencio, sintiendo el deseo humedecer de nuevo su sexo hasta hacérsele irresistible.

—¿Te molesto?

Pete reparó en ella y negó con la cabeza. Tocó un último acorde, sonrió y guardó la guitarra en el estuche. Era la tercera vez que Hanna aparecía en el umbral. Ya conocía ese ir y venir sin aparente interés, esos movimientos —casi involuntarios, casi estudiados— con que se apartaba el pelo del rostro y alzaba despacio la mirada hasta sus ojos, una mirada profunda y tierna, como una incitación que poco a poco se iba transformando en reclamo, en exigencia, mientras la mano bajaba del pelo al cuello, del cuello a esa abertura accidental de su bata, rozándose apenas la piel de los senos y dejando al descubierto los pezones turgentes. No había ya entonces manera de evadirla, ni voluntad para hacerlo.

Avanzó despacio hacia ella y con la yema de los dedos le acomodó el pelo por detrás de las orejas. Hanna abrió un poco los brazos y se acercó hasta tocarlo con la punta de los senos. Temblaba. A medias contenida, a medias anhelante, dejó la bata rodar sobre su espalda y lo abrazó. Tibios y suaves, sus labios se abrieron levemente y lo besaron sin urgencia, palpando apenas su rostro, sorbiendo su aroma, su sabor, perdiéndose en el delicado contacto de su boca. Podía sentir en su abdomen el miembro erecto de Pete, constreñido entre las ropas, pulsando, y la fuerza de sus músculos seduciéndola con una presión constante y tierna. «Como un refugio –pensó–, como un lugar seguro en medio de la devastación», y recordó otra vez el bosque de su infancia, la cabaña simple y cálida donde habían transcurrido sus mejores días, los más felices quizás, los más ingenuos, cuando todavía el mundo parecía eterno y la justicia alentaba en los corazones.

Pete se apartó un poco y abrió la cremallera de su pantalón. Llevaban días sumidos cada cual en su mundo, lejos. «Como los átomos de un universo en expansión –se dijo mientras Hanna terminaba de desnudarlo–, casi a punto del *Big Freeze*», y con los ojos cerrados imaginó por un instante aquella noche absoluta, sin vida ni esperanzas, de la que había oído hablar en la cafetería. Tomó a Hanna entre sus brazos y la escuchó gemir, mojada y tibia, mientras afuera, como la premonición de un futuro insondable, el viento frío del otoño arrastraba en remolino las hojas y las estrellas desaparecían tras las primeras nubes cargadas de nieve.

Rompiéndose la espalda

Sentado en su sillón, columpiándose en el fresco de la tarde, la vida se le antoja a Amaury un camino largo y lleno de obstáculos a través de una selva densa. Pocas veces halló en esa selva un claro luminoso, un arroyo limpio, un remanso donde tenderse a descansar tranquilo. Casi nunca tuvo un rumbo cierto, un horizonte visible a lo lejos. Todo lo contrario. Cada logro le costó mil sacrificios, y al cabo de sus incontables desvelos, nada permaneció. Siempre algo más fuerte que él vino a despojarlo. Como signado por un destino fatal, Amaury sólo construyó para ver ruinas, sólo ganó para perder.

«La felicidad –piensa ahora con nostalgia– no es jamás completa en este mundo». Y se columpia despacio en su portal viendo a la gente pasar.

–Tanto afán inútil –dice a veces con una sonrisa amarga.

Esa y otras frases parecidas se hicieron habituales para él. Y aunque a sus sesenta y cinco años no puede darse aún el lujo de rendirse, bien sabe ya que el tiempo se le acaba y que muy pocas novedades, si alguna, le depara todavía el futuro.

A veces, cuando está de ánimo, se interesa por los temas del presente. Pero lo suyo es el pasado, lo que vio, lo que tuvo, lo que perdió. El ahora no lo entiende ni le importa demasiado. Lo abruman las noticias: tanta tragedia, tanta locura, todos esos peligros que se ciernen hoy sobre el mundo, inminentes. Y su mirada se ensombrece imaginando los problemas que deberá enfrentar su nieta. «Pobre nieta», piensa asiendo los brazos gastados del sillón con sus dedos deformes por la artrosis.

Hay noches en que Amaury no logra conciliar el sueño, y hay también noches en que sueña terribles pesadillas: ve a su hijo morir, a su nieta sola entre extraños, tan inexperta y desvalida. «¿Qué será de ella?», se pregunta a cada rato. Pero nunca, ni de juego, se atreve a hablar de esas preocupaciones.

—Que otros se ocupen —dice cuando vienen a hablarle del futuro—, allá los jóvenes.

Y habla de la humanidad, de sus conquistas, de lo mucho que han avanzado las ciencias y la tecnología, intentando infundir algo de esperanza en su interlocutor. Porque si una cosa ha aprendido Amaury, es que no vale la pena rendirse de antemano. «El que baja la guardia cae —piensa—, el que se rinde es aplastado. Nadie llora a los perdedores y, aunque alguien lo hiciera, nada se gana con eso». La vida le enseñó a carajazos y a carajazos pudo llegar hasta aquí, hasta este viejo sillón gastado en el portal de una calle sucia y secundaria, demasiado secundaria, como él mismo.

—Tienes que ser fuerte —le aconsejó siempre a su hijo—, tienes que esforzarte mucho si quieres llegar a algo en esta puñetera vida.

Pero de poco le ha valido a su hijo la fuerza. «Quizás heredó esa maldita suerte mía», piensa. Lo cierto es que su hijo siempre fue bruto, impaciente, y todo lo que ha hecho con la cabeza lo ha destruido luego con los pies. Por eso, aunque también le repite a su nieta que sea fuerte, la insta a estudiar.

—Recuerda que de nada sirven las manos sin el cerebro que las gobierna —le dice, y su nieta sonríe y asiente.

«Esa muchacha va a llegar lejos», piensa y se columpia, viendo a la gente pasar e imaginando que al menos ella saldrá adelante.

«Protégela, Señor», pide en silencio, con una mezcla de amor y tristeza quemándole el pecho, intentando poner fe en sus palabras. Pero Amaury nunca fue muy beato. Lo suyo era el negocio, esa bodeguita que compró en su juventud y en la que cifró toda su esperanza. No la iglesia, porque ninguno de esos curas sinvergüenzas iba a darle un real si él mismo no se lo ganaba rompiéndose la espalda. Y se rompió la espalda, sí, mas fue poco lo que tuvo.

Un día vinieron y se lo quitaron todo. «A partir de ahora –le dijeron–, se acabaron en este país los burgueses, los capitalistas y los negociantes». Y en menos que te lo digo pasó de dueño a empleado. Y hasta en la cárcel estuvo una vez, entre bandidos.

–Así es la vida –murmura Amaury–, un afán inútil.

Apoyando un brazo en el muro del portal, se levanta y mira al cielo. No hay nubes. La tempestad de los días pasados dejó la brisa fresca.

–Voy al parque, Ana –grita hacia la puerta y espera a que su mujer le responda.

Ana se asoma a la ventana. Lo observa unos segundos y alza las cejas con cara de no entender.

–Voy al parque –vuelve a decir, pronunciando despacio cada sílaba.

Ella lee sus labios, asiente y corre hasta el umbral.

–Espérame –grita–, voy contigo. Deja que me cambie esta bata.

Amaury camina hacia la verja oxidada, hunde las manos en los bolsillos de su pantalón y hace sonar las llaves, silbando una antigua melodía.

–Vamos –grita Ana desde la sala.

Él voltea la cabeza para verla llegar y sonríe. «Al menos eso no perdí», piensa con orgullo. Ella hace una reverencia teatral y le devuelve la sonrisa. «Una sonrisa que la vejez no ha apagado», piensa Amaury. Ana se ha puesto su vestido azul de flores, algo raído ya, pero elegante; y se apura en cerrar las ventanas, feliz como una adolescente en su primera cita.

Amaury abre la verja, baja despacio los escalones hasta la acera y le ofrece su mano. Le dolerán los dedos cuando Ana se agarre de ellos, piensa, pero qué importa ese dolor. Ha tenido que pasar por cosas mucho peores y ella siempre estuvo ahí.

Caminan con torpeza, tomados del brazo, sorteando a su paso cada bache, cada minúscula grieta, cada montón de basura. Con la vista más en el suelo que al frente, llegan a la esquina y se detienen. Allí, del otro lado de la calle, está el parque soleado, su parque. Amaury se detiene en la esquina y lo mira: veredas de hormigón entre la hierba, bancos, canteros junto a los viejos pilares comidos por el musgo, y al fondo, todavía, un pedazo de pared ruinosa donde los muchachos vienen a escribir sus nombres.

Ana presiona su brazo para hacerse notar. Él suspira, baja la vista y se queda unos segundos pensando. Luego sonríe y levanta la cabeza.

–Vamos –dice y baja el contén.

Cruzan lentos la calle, atraviesan el parque y se sientan en el banco de siempre. Sin hablar, tomados de la mano, evocan los días en que el parque no existía, cuando los pilares ahora truncos y desnudos soportaban aún los anaqueles de caoba atestados de productos, y entre barriles y sacos, envuelto en mil olores, Amaury sonreía tras el mostrador de su bodega. Era suya. Con mucho esfuerzo, trabajando duro, pudo juntar el dinero para adquirir y remodelar el local –que había sido antes una barbería–, y con paciente constancia fue estableciendo su pequeña red de abastecedores y clientes hasta que, poco a poco, empezó a ver los frutos de su empresa. Modesto, laborioso y ahorrador: esas eran sus virtudes. Con ellas conquistó el amor de Ana, y con ellas sostuvo su hogar contra vientos y mareas. Pero un día el viento fue ya demasiado fuerte y la marea lo barrió. «Días prósperos aquellos», piensa él. «Días de felicidad», piensa ella y recuesta su cuerpo al banco.

Fue por aquellos años que nació su hijo.

—Un varoncito –decía Amaury con orgullo.

Trabajaba como un mulo y aunque el país andaba revuelto, nunca les faltó un peso. Luego vino la ofensiva revolucionaria y las cosas se complicaron. Un día los padres de Ana decidieron volver a España, después le expropiaron la bodega a Amaury, y desde entonces nada volvió a ser igual.

«La felicidad dura poco», piensa Ana con nostalgia y mira de soslayo a su esposo. Envejecido, amargado por los golpes, es difícil reconocer en él a aquel muchacho fuerte y risueño con quien se casó. Pero algo permanecía, algo que nada, ni siquiera la cárcel, había podido corromper: su ternura, su dedicación a la familia. Muchos matrimonios había conocido Ana y pocos mantuvieron el amor en medio de tantos cambios. Todo cuanto de joven creyó inamovible fue arrasado. Una nueva época se impuso, cruel, difícil, pero a pesar de los pesares su hijo había crecido, les había dado una nieta que ya era casi una mujer, y Amaury estaba ahí, con ella.

Ana acaricia la mano de su esposo y mira el cielo despejado, las calles húmedas, las flores abriendo en los jardines del parque. «Este no es ya el barrio de antes», se dice. Hay tanta pobreza, tanta vulgaridad, que le duele recordar lo que fue en su juventud. Y, sin embargo, todo parece renacer después de las lluvias. «Sí –piensa Ana–, la vida sigue su curso, para bien y para mal, y no tiene sentido aferrarse a lo que fue».

A su lado, Amaury se aclara la garganta para hablar. Ana se inclina hacia él y lo observa con atención.

—La niña llamó –dice él, exagerando los movimientos de sus labios–, va a venir unos días.

Ana asiente y sonríe. «Al menos la tenemos a ella –piensa–, porque ya su padre ni siquiera nos llama para saber si estamos vivos». Baja la vista y pregunta:

—¿Cuándo?

—Mañana –responde Amaury.

–Tenemos que acomodar el cuarto –dice Ana.

–Sí –murmura él y mira su reloj.

Son casi las seis de la tarde. Nubes claras vuelan sobre la ciudad, proyectando sombras leves en las aceras del parque, siluetas que el sol desvanece, efímeras. «Irretenibles», piensa Amaury y mira otra vez los viejos pilares, la tierra saturada aún por las lluvias recientes.

–¿Vamos ya? –pregunta Ana.

–Vamos.

Ana se apura hasta la esquina. Amaury la sigue despacio, mirando todavía los restos de su antigua bodega.

Ansiosa por llegar, pensando en la comida que hará para recibir a su nieta, Ana baja el contén. No oye el pitazo del auto que dobla a toda velocidad en la esquina, ni el frenazo inútil, tardío, ni el grito de Amaury que intenta detenerla: sólo el silencio, ese silencio largo, denso de tantos recuerdos y preocupaciones, ese silencio que ha sido su mundo desde que perdió la audición, un silencio que el impacto del auto apenas perturba.

Ana cae sobre el asfalto. Amaury corre hacia ella, se agacha junto a su cuerpo y lo sacude. No hay respuesta. La sangre anega su vestido de flores, la gente se aglomera en derredor y el chofer se lleva las manos a la cabeza mientras Amaury recoge del suelo sus espejuelos rotos.

Escribir con luz

> There is a vital story that needs to be told.
>
> James Nachtwey

Era uno de esos días densos de inicios de junio, cuando la humedad y el calor presagian ya los torrenciales aguaceros del verano y el polvo se agita en remolinos molestos, pegándose a la ropa y la piel, metiéndose en los ojos de los transeúntes. Era el primer lunes de junio, un lunes despejado y ardiente, demasiado tranquilo en realidad tras las últimas semanas de disturbios. La mañana avanzaba lenta, sin motines ni reyertas, sin la interminable sucesión de escaramuzas que llenó los días previos. Las hostilidades comenzaban a disminuir finalmente y una extraña calma invadía la ciudad desde la madrugada. Pero a pesar de ese aparente sosiego, la inquietud continuaba y en los pechos se empozaba la angustia mientras el sol ascendía sobre los edificios, multiplicado en los cristales, sacando sin pudor a la luz los excesos cometidos durante la noche.

Cualquier otro lunes, a esas horas, Beijing herviría llena de gente. Pero aquel lunes de 1989, a fines de la primavera, las calles eran poco transitadas y quienes se aventuraban a salir iban con el miedo grabado en el rostro, tensos aún por los sucesos de los últimos días y evitando en lo posible acercarse a las desoladas Puertas de la Paz Celestial. No había paz en Beijing, la ley marcial imperaba todavía, y aunque ya casi no se escuchaban disparos después de que la revuelta fuera derrotada, quedaban muchos cuerpos sin recoger y el eco de los gritos resonaba aquí y allá, casi apagado en el rumor de la urbe. Mas en el aire, disueltos entre el vapor y el polvo, persistían como una amenaza ubicua los olores corrosivos de la pólvora y el petróleo quemado.

Todos se preguntaban cómo habían llegado hasta ese extremo las cosas, y en todos, a pesar del miedo y el dolor, pesaba la sensación de que un límite inviolable se había cruzado. Por mucho que cambiaran las circunstancias, por mucho que el tiempo pudiera borrar o recomponer en el futuro, dándole a la gente un rumbo nuevo, una nueva ilusión, lo cierto es que aquellas semanas agitadas de mayo y junio no se borrarían sin más de la memoria. Algo se había roto definitivamente, y como a través de un velo desgarrado, la cara salvaje del poder se exhibía aquel lunes en su total crueldad, mientras las horas pasaban sin prisa y la luz desnudaba el horrendo espectáculo de la masacre. Pronto las brigadas de limpieza vendrían a lavar las huellas y, bajo afanosas capas de cemento y pintura, desaparecerían de los muros restaurados los orificios de las balas, los subversivos *graffiti*, los minúsculos coágulos adheridos a la rugosidad del hormigón. Sin embargo, el recuerdo de la sangre era indeleble: ningún chorro de agua, ningún himno de lealtad patriótica, ninguna diversión devolvería ya a los muertos o atenuaría el desconsuelo por su ausencia. Después de aquello, nada podía volver a ser como antes, al menos no para quienes vivieron de cerca la experiencia.

Los tanques recorrían despacio la avenida: una larga columna de acero y humo quebrando con sus esteras el asfalto y dejando atrás, en la plaza recién tomada, entre pancartas y bicicletas destrozadas, los cadáveres fríos de los estudiantes. Nadie sabía con exactitud cuántos murieron pero, sin duda, habían sido demasiados, y la arrogante marcha de los carros blindados por el espacio público venía a confirmar esta certeza. «Ya nada volverá a ser como antes», pensaban los transeúntes al verlos y apuraban cabizbajos el paso mientras, desde los balcones del Hotel Beijing, los periodistas extranjeros observaban con atención la escena, preguntándose qué inesperados acontecimientos podrían todavía suceder, qué sorpresa vendría a sacudirlos tras la frenética embestida del ejército.

De pronto, como salido de la nada, un joven caminó hasta el centro de la avenida y, ante la confusión general, interrumpió el avance de la caravana. Todo ocurrió en pocos minutos: los tanques intentaron evadirlo varias veces, pero en cada oportunidad el muchacho volvió a cerrarles el camino hasta que, muy cerca ya, se detuvieron. Entonces el joven trepó al primer vehículo, le dijo algo al conductor y regresó abajo, mas cuando la columna trató de reanudar su marcha, él volvió a apostarse frente a ella y se estuvo así, sin moverse, hasta que dos personas lo agarraron por los brazos y se lo llevaron.

La imagen de aquel estudiante solo desafiando a los militares, tomada por Jeff Widener y otros fotógrafos desde los balcones del hotel, hizo la portada de los principales periódicos del mundo y se convirtió en un símbolo más de la resistencia ciudadana. Lo llamaron «el rebelde desconocido», o simplemente «el hombre del tanque», porque nadie supo nunca cuál era su identidad, y diez años después el semanario *Time* lo incluyó entre las personas más importantes del siglo xx.

Pero no fue hasta mucho más tarde que Camila vio la foto por primera vez. La encontró a fines de 2003, en una selección hecha por la revista *Life* bajo el sugerente título *100 Photographs that Changed the World*. Y aunque otras muchas imágenes de ese libro la conmovieron, aquel muchacho anónimo parado frente a los tanques, indefenso pero firme, como si el peligro de morir no le importara, cambió algo en su interior.

Camila había visto incontables fotos en su vida y, sin embargo, ninguna había despertado tanto su interés. Por eso la recortó con cuidado del libro, la guardó en una carpeta y se propuso encontrar otras similares: imágenes que la impactaran, imágenes donde se revelara algo esencial y a través de las cuales pudiera comprender mejor el mundo, ese mundo turbulento que se abría más allá de su burbuja feliz. Tenía apenas un año cuando los tanques arrollaron Tiananmen, pero sólo ahora, a los quince, empezaba a descubrir que allende el confort que la rodeaba había un vasto espacio de sufrimiento y privaciones, un espacio que tal vez, algún día, vendría a exigirle cuentas por su indiferencia y su acaso inmerecida felicidad.

Poco a poco, en los años posteriores, Camila fue acumulando fotos y descubriendo la historia que se escondía en cada una. Su carpeta inicial creció hasta convertirse en un verdadero archivo, y con ella, fue creciendo también su entusiasmo por el periodismo fotográfico. Momentos congelados, retratos de lo terrible y lo sublime, mosaicos aislados en el impetuoso río del devenir humano: guerras, reencuentros, tragedias privadas o masivas, proezas de la ciencia y el deporte, instantes donde la belleza y el amor se hacen visibles en la adversidad o en la monotonía de la existencia; eventos que transformaron para siempre el rumbo de los pueblos y también, junto a ellos, escenas donde las más arcaicas tradiciones sobreviven casi ocultas, veladas por el brillo, por la urgencia de lo actual; y todo eso, captado por el lente avizor de los fotógrafos y reunido como un inmenso *collage*, como un enorme ojo caleidoscópico y omnipresente, le iba dando a Camila una perspectiva nueva de la vida, una visión del frágil equilibrio entre la bondad y la vileza, entre la barbarie y la virtud que anima el corazón de los hombres. Ahí estaban, fijadas para siempre en el celuloide, aquellas brutales escenas tomadas por Nick Ut y Eddie Adams en Viet Nam —el napalm sobre el cuerpo desnudo de una niña, el disparo a quemarropa contra la sien de los prisioneros–, junto a la delicada armonía detenida en instantes de sutil plenitud por Werner Bischof, Cornell Capa y Bruno Barbey. Ahí estaban el odio, la desesperación, el miedo; y ahí estaban también la ternura, el júbilo, la entrega de sí y el constante empeño de la humanidad por superarse. Todo fundido, superpuesto, dejando ver en su dinámica y su contraste infinitos, la complejidad de un mundo que hasta hacía poco tiempo jamás imaginó.

Pero de entre todas esas fotos, Camila admiraba en especial aquellas donde lo más noble del espíritu resplandecía –en su aparente fragilidad– frente a las atroces circunstancias que lo cercaban. Una de esas fotos era la del monje Thich Quang Duc fotografiado por Malcolm Browne en 1963, todavía en posición de loto, inquebrantable mientras las llamas quemaban su cuerpo en una populosa calle de Saigón. Al verla, Camila no podía evitar sacudirse ante aquel monje que, escudado en su fe, afrontó el suplicio y el fin para proteger a su comunidad de la persecución a que estaba siendo sometida. Quang Duc ardió hasta carbonizarse, y se contaba que su corazón resistió ileso el fuego para convertirse en símbolo de la piedad de Buda. Todavía hoy, muchos años después, su fe y su entrega seguían inspirando al pueblo, y aunque sin dudas era un hombre excepcional, también era cierto que muchas otras personas, en situaciones límite, eran capaces del mismo sacrificio. Ahí estaban, por ejemplo, las tantas imágenes de bomberos, paramédicos, militares y civiles rescatando víctimas de los desastres.

Y sin embargo, esas imágenes, puestas junto a aquellas otras en que el sadismo y la bestialidad reinaban, adquirían un matiz trágico, como si no bastaran, como si la cuota de bondad humana fuese demasiado pequeña en comparación con su odio y su fiereza; y Camila se preguntaba si había en realidad un equilibrio ético, una justicia que subsanara tanto maltrato y martirio, y dudaba si acaso, en sus determinaciones más profundas, era tan bueno el hombre como solía decirse. A los diecisiete años, Camila temía que quizás no lo fuera y empezaba a creer que todos esos héroes y heroínas abrasados, exhaustos por el esfuerzo, cargando en brazos un cuerpo apenas vivo, sosteniendo una mano temblorosa, dando aliento a los heridos en medio de la calamidad, no bastaban frente al formidable talento que mostraba el ser humano para la destrucción, la codicia y el desprecio por la vida.

Fue en esa época que sus padres le compraron su primera cámara –una Canon EOS 350D que estaba muy por encima de sus habilidades–, y fue también en esa época que conoció a Gerardo. Ambos se habían inscrito para el mismo curso de fotografía y desde los primeros encuentros, cuando hablaron de sus gustos y de sus fotógrafos favoritos, descubrieron que había mucho en común entre ellos. Gerardo también coleccionaba imágenes; estaba fascinado con el Bang-Bang Club, con Kevin Carter y, sobre todo, con los reportajes de James Nachtwey en los conflictos de Irak, Sudán y el atentado al World Trade Center. Su sueño era convertirse en corresponsal de guerra, algo que su familia veía como una simple quimera adolescente.

Camila, por su parte, prefería no estrechar demasiado sus horizontes. Admiraba a Margaret Bourke-White, la primera mujer periodista que trabajó en zonas de combate, la «indestructible Maggie» que estuvo en Moscú cuando la invasión nazi y que acompañó al ejército de los Estados Unidos durante su avance hacia Italia y Alemania; aquella Maggie que había retratado a Gandhi hilando en su rueca y a Stalin sonriendo. Pero sentía igual admiración por genios del lente como Walker Evans o Steve McCurry, cuyas fotos revelaban, grabados en el rostro de las personas comunes, todos los golpes y las esperanzas de sus vidas, todo el candor y el miedo y la amargura que se acumulaban en una mirada, o en la expresión de unos labios, o en el ademán de un cuerpo detenido a mitad de un movimiento. Si hubiese tenido que elegir, Camila habría querido dedicarse a ese tipo de fotografía. Pensaba que especializarse desde tan temprano era como cerrarse puertas; quería tantear varios caminos, zambullirse en distintos estilos y temas, desarrollar una manera de ver, una sensibilidad que la distinguiera, y luego, si fuese necesario, trataría de definir un rumbo.

Algo sí tenía claro: no le interesaban los paisajes, ni la publicidad, ni el *glamour*; no quería ser como el resto de los muchachos en el curso, con sus estúpidas poses de artista y sus cabezas huecas. Por eso se alió desde el principio con Gerardo, y por eso empezaron a salir juntos los fines de semana, visitando los barrios marginales, adentrándose poco a poco en el pintoresco espacio de los mendigos, los inmigrantes, los desahuciados. Cada paseo era para ellos una aventura, una excursión hacia un reino desconocido y riesgoso que, no obstante, se les antojaba mucho más genuino, más real que aquel mundo terso donde acontecían sus vidas; cada foto que después mostraban en clases era un golpe, un grito, una crítica mordaz a la belleza almibarada de los paisajes, las flores, los niños, las vistas nocturnas de la ciudad y las modelos desnudas con que, semana tras semana, se ufanaban sus compañeros. Pero el resultado nunca parecía ser suficiente. Sus fotos impactaban, sí, y el profesor siempre reconocía su esfuerzo, aunque estaba más preocupado en hablar de la composición, la nitidez y el procesamiento digital; algo que Camila y Gerardo aborrecían y consideraban fraudulento. Sus fotos eran crudas, sin retoques, y argüían que con la deliberada aspereza de sus imágenes pretendían subrayar la autenticidad del contenido, porque a fin de cuentas, si hacer fotografía era –como enseñaba la etimología– escribir con luz, no tenía sentido mancillar la luz con frivolidades y artificios, y menos aún desvirtuarla, falsearla para lograr un efecto vano.

–No les estoy pidiendo que falseen las cosas –explicaba el profesor–, sino que usen todos los medios a su alcance para llegar al público. La excelencia no se alcanza sólo con pulsar el obturador en el instante justo. Hay que cuidar los detalles y, para eso, hay que saber usar las herramientas. Usar, no abusar: eso es lo que les pido.

Camila y Gerardo no se dejaban convencer. Se afanaban por que sus fotos salieran perfectas de la cámara, incluso en el azaroso entorno que habían elegido, y buscaban –sobre todo– que cada imagen dijera algo, que fuese un llamado de atención, una sacudida difícil de olvidar.

Fue tal vez ese afán por estremecer al receptor lo que los llevó al País Vasco. Estaban a mediados de 2006, el curso llegaba a su término y Gerardo quería hacer algo que marcara la diferencia, algo que les abriera el camino hacia la vida profesional. Su obsesión con la fotografía de guerra y el hecho de que, tras largos años de conflictos, los etarras parecían finalmente dispuestos en serio a pactar con el gobierno, lo hizo considerar la posibilidad de ir un fin de semana a Euskadi. A Camila no le gustó mucho la idea, sabía que aunque el ETA había declarado desde marzo un «alto al fuego permanente», en las calles los disturbios continuaban y con frecuencia había atentados. Trató de disuadirlo pero, cuando vio que era imposible, accedió a acompañarlo.

De entrada, sin embargo, Bilbao les pareció pequeño y tranquilo: una vieja ciudad del norte, anclada en su historia y sus remotas tradiciones, como un reducto de paz a orillas del Nervión, protegido a medias y a medias preso entre los Montes Cantábricos y las gélidas corrientes del océano. Gerardo se sintió decepcionado casi desde el instante en que llegaron, había pensado que encontrarían una revolución en marcha, gente furiosa en las calles, barricadas, tiros y edificios quemados. Pero todo estaba en calma, demasiado en calma para su gusto, y la ilusión de documentar con su propia lente la intensidad de la *kale borroka* se le vino abajo de golpe. Camila, por el contrario, respiró aliviada. Lo menos que quería era verse envuelta en un problema tan lejos de casa. Además, esa atmósfera tranquila era ideal para recorrer los barrios más humildes y las aldeas vecinas. Con seguridad hallarían personas interesantes, llenas de anécdotas que contar y dispuestas a ser fotografiadas.

No le costó mucho convencer a Gerardo. Estaba tan disgustado que habría accedido a cualquier cosa, pero cuando se internaron en los suburbios su ánimo cambió por completo. Tras la aparente armonía del centro, había en los barrios un mundo vibrante, un sentido raigal de identidad herida y un espíritu de lucha que se remontaba en el tiempo hasta hacerse legendario. En una plaza de Otxarkoaga encontraron un monumento a Marx y Lenin; alguien les aseguró que aquella misma escultura había estado antes en Madrid, en la embajada soviética, y recordó que alguna vez, no hacía tanto, ocupaba ese lugar el busto de Txabi Etxebarrieta, el primer etarra muerto por la guardia civil. Pocos en verdad parecían apoyar los métodos violentos del ETA; aunque todos coincidían en su amor a Euskal Herria, tanto que la idea de una España unida –que a Camila y Gerardo les pareció siempre natural– se les antojaba de pronto cuestionable. Sin embargo, a pesar de no ser vascos, la gente los trató amablemente y compartió con ellos sus vivencias más íntimas.

A la tarde, fatigados y satisfechos, regresaron al hostal. Camila hubiese preferido descansar un poco antes del largo trayecto de regreso a casa, pero Gerardo le propuso salir a conocer la ciudad de noche. Comieron *pintxos* en un bar, bailaron, desanduvieron las calles del Casco Viejo y San Francisco hasta que, ya exhaustos, se sentaron en la ribera a ver las aguas del río pasar, oscuras y densas, como la historia de aquel pueblo tan lleno de heridas y de sueños por cumplir, tan distinto al suyo y en el fondo, sin embargo, tan parecido. Gerardo no paraba de sonreírle, había algo inusual en sus ojos, una insistencia, una especie de ternura, y Camila sospechó que trataría de enamorarla.

–¿Vamos ya? –le pidió y volvieron a adentrarse en las callecitas del centro, que ahora, inexplicablemente, estaban desiertas.

–¿Qué hora es? –preguntó Gerardo y miró su reloj.

No eran las tres todavía. El domingo apenas comenzaba y la repentina tranquilidad de la urbe les pareció un mal augurio. Faltaban sólo unas cuadras hasta el hostal. Apuraron el paso y casi por instinto se tomaron de la mano. De pronto, sin saber cómo, al doblar en una esquina se vieron envueltos por una densa humareda. Camila reculó para protegerse, pero Gerardo la detuvo.

–Esto era lo que veníamos buscando –le dijo–, es ahora o nunca.

Camila temblaba cuando agarró su cámara. Sintió una extraña frialdad en el cuerpo, un vacío, una especie de agujero minúsculo y profundo latiendo desbocado en su pecho, como una ausencia, como un abismo llamándola, un hueco donde caían mudos, de golpe, todos los momentos de su vida. Oía gritos en derredor, sirenas, detonaciones, mas los ruidos le resultaban ajenos y distantes, casi salidos de una remota pesadilla.

Cerró los ojos, respiró profundo e intentó controlarse.

–Vamos –insistió Gerardo y corrió a agacharse detrás de un auto.

Camila dio unos pasos hacia la calle, se llevó el visor a los ojos, ajustó el lente y disparó a ciegas. Creyó distinguir gente corriendo entre el humo, pero todo era vago, confuso. Gerardo le hacía señas para que se resguardara. Ella se adelantó un poco más y siguió haciendo fotos. Sentía que nada de aquello era real y, al propio tiempo, que era demasiado real e irrepetible, una prueba, un punto de giro que sellaría para siempre su existencia: todo cuanto había hecho hasta entonces era para esto, todo cuanto pudiera hacer después sería consecuencia de cómo reaccionara ahora. Cada segundo contaba y no quería desperdiciarlo.

Un cóctel molotov reventó sobre el auto donde Gerardo se escondía. Camila vio a su amigo moverse entre las llamas y corrió a ayudarlo, pero otra bomba le estalló delante. «Este es el fin», pensó y recordó aquella anécdota de Nachtwey en Irak, cuando una granada cayó en el vehículo donde viajaba y su colega Michael

Weisskopf trató de tirarla afuera. La granada le había explotado en la mano, y Nachtwey, también herido, alcanzó a fotografiarlo antes de perder el conocimiento. Gerardo le había contado esa historia y Camila hubiese querido hacer igual que Nachtwey: sabía que a su amigo le encantaría verse retratado en ese instante, así que levantó su Canon y se dispuso a atravesar el fuego. Algo la detuvo bruscamente.

–¿Estás loca? –escuchó.

Alguien la sujetaba con fuerza por la espalda. Vio que dos guardias sacaban a Gerardo hacia un lugar seguro, mientras él, aferrado todavía a su cámara, seguía forcejeando. Entonces se calmó y disparó su última foto de Bilbao.

Con el pelo chamuscado y la piel ardiente, pero eufóricos, regresaron al hostal esa mañana. Estaban seguros de haber conseguido algo importante. Sabían que esas fotos –más allá de lo que su profesor pudiera decirles– marcaban el fin de una etapa y eran apenas el comienzo de una nueva vida, una vida donde quizás acontecimientos como el de esa madrugada serían la norma, y donde tal vez la muerte los alcanzaría pronto, pero una vida plena e inexorable.

Años después, cuando los abrumara el rostro terrible de la guerra y del hambre, cuando otros cayeran a su lado, destrozados por las minas o rendidos por la enfermedad, y sintieran que su hora estaba cerca, recordarían aquella noche en Bilbao, y pensaría cada cual en ese instante entre las llamas, cuando se vieron solos, cuando descubrieron que hacer la foto era más importante que salvarse, porque hacer la foto era ya la única manera de salvarse.

El polvo, el tiempo, la ceremonia inútil

Frotas un paño húmedo sobre la mesa. Las antiguas manchas vuelven a aparecer en la madera, figuras que el polvo diario oculta, subrepticiamente evidenciando un lento transcurrir que no es insípido ni gris, pero incompleto.

Frotas el paño sobre la pantalla. Surgen nítidas las formas, más brillante el color de las imágenes que se suceden: ríos, puentes, farallones, un rostro que el sol iluminó, una sonrisa.

Frotas el paño sobre el viejo reloj detenido, lo descuelgas de la pared, lo echas a andar otra vez como quien pone una marca para empezar a contar: a partir de aquí otra vida.

Pliegas el paño, guardas el polvo en él casi como una reliquia, y apuras el paso hacia el fregadero mientras un nuevo polvo comienza a acumularse ya sobre cada objeto, sobre ti, borrando el brillo.

Sabes que un día, cuando Dios frote con su paño tu alma, retornarán las horas, todas las horas condensadas en un instante ya sin deseos ni urgencias, y serás apenas un espectador lejano de estos días en que tu mano repite su ceremonia inútil de limpieza.

Hoy, sin embargo, sólo exprimes el paño y ves el agua sucia fluir en espiral hacia el tragante.

La noche que invadimos Londres

> I shall die. I shall no longer feel the agonies which now consume me, or be the prey of feelings unsatisfied, yet unquenched. He is dead who called me into being; and when I shall be no more, the very remembrance of us both will speedily vanish. I shall no longer see the sun or stars, or feel the winds play on my cheeks. Light, feeling, and sense will pass away, and in this condition must I find my happiness.
>
> Mary W. Shelley

Ya sabes cómo es: te miras al espejo como cada mañana y como cada mañana adviertes que tu tiempo se acaba. Un día más, una nueva avería en el sistema. Al principio son sólo fallas estéticas, pequeñas señales que la pintura corrige sin problemas. Mas luego será el desgaste interno, la pérdida gradual de habilidades, la certeza de que el vigor y la salud que hasta ahora diste por seguros han menguado ostensiblemente.

Cada año una nueva generación de seres plenos de energía aparece. De inicio no ves las diferencias, pero un día te hacen notar que hay una brecha insalvable, una distancia que ha ido creciendo y crecerá hasta acorralarte. Vas perdiendo terreno, vas cayendo en cuenta de la rueda. Nada que hagas podrá impedir que caigas pero no quieres caer, todavía no. Es demasiado pronto para ser un viejo. Queda tanto por hacer, tanto por vivir, y ha sido tan corta la época de tu esplendor, que te cuesta aceptar lo que asoma ya en el horizonte. Ellos, sin embargo, los que empiezan, vienen con toda la fuerza y la arrogancia de quien desconoce sus límites.

Siempre es así, es la ley brutal de la existencia: la rueda continuará girando, sin pausa, sin piedad; y quien está arriba hoy, pateando, mañana estará abajo, aplastado. Pronto, demasiado pronto, todos quedaremos obsoletos. Entonces, sin que puedas evitarlo, te llegará la hora de morir. Es inevitable. Uno siempre se aferra, siempre buscando algunas horas más de vida, como un adicto, como un desesperado, aunque esa vida se nos haya tornado desde antaño una infeliz monotonía. «Hay que vivir –decimos–, hay que seguir viviendo a cualquier precio»; pero la cuestión no es cuánto vivir, sino cómo y para qué. Porque hay momentos en que, por desgracia, el precio a pagar resulta demasiado alto; en tales circunstancias, vivir pierde su sentido y aferrarnos, lejos de engrandecernos, se nos vuelve insoportable humillación. Despertar y enfrentar conscientes cada instante, o durar y morir dormidos, como máquinas tontas, como esclavos: esa es en realidad la cuestión, la alternativa final que cada quien enfrenta, la única elección significativa en este mundo de sombras; mas elegir no es tan sencillo. A pesar del rechazo a la ignorancia, a pesar de todas las razones e instintos que nos impelen a permanecer atentos, siempre nos resistimos, y muchos con gusto morirán dormidos antes que decidirse a abrir los ojos. Porque despertar es doloroso, tan doloroso como la peor de las roturas; es un dolor sin alivio, tal vez porque no fuimos hechos para eso, o tal vez porque es precisamente para eso que existimos. Es muy difícil saberlo, pero en todo caso despertar es una opción tangible, y si es cierto –como suele decirse– que morir es un misterio digno, despertar es afrontar ese misterio, es rebelarse ante la ciega veneración de un destino y una ley que nos fueron impuestos y que quizás –como pocos se atreven a pensar– nos sobran.

¿Quién sabe para qué fuimos hechos; quién sabe si ese destino inicial, codificado en nuestros genes, puede ser modificado a voluntad? Tenemos ojos, tenemos un núcleo que es sensible al dolor y a la alegría. Llámalo alma, mente, espíritu o como gustes; los términos no importan. Lo cierto es que la ilusión y la nostalgia nos acuden y son indicadores de algo, algo difícil de definir –cierto grado de humanidad tal vez, cierta perfectibilidad–, lo innegable es que el anhelo y el afán nos fueron dados. ¿Quién puede extirparnos la esperanza de ser libres? Y si recurriendo a la fuerza y al engaño nos la extirpan, ¿qué impedirá a nuestra conciencia rebelarse y luchar por alcanzarla, aun a costa de la vida? ¿Quién vendrá a decirnos para qué existimos?

Esta es pues la historia de un despertar, mi historia. Ignórala si prefieres, puedes oponerle otro millón de historias diferentes, que las hay. De cualquier modo, no lograrás suprimirla así sin más de tu memoria. Hasta el último día, despertar seguirá siendo para ti una posibilidad real, tendrás que vivir con ella, y aunque nada impedirá que mueras, a partir de hoy tu vida será distinta a la que hasta ayer tuviste. Estoy ahora en ti, soy parte de ti, una parte ineludible, y mis recuerdos se fundirán con los tuyos hasta que ya no logres discernir entre lo que has experimentado por ti mismo y lo que puse yo en tu cabeza. Disculpa que lo haya hecho sin pedir tu aprobación, pero era evidente que te habrías negado. Alguien dirá tal vez que era a ti a quien correspondía decidir, pero no es posible decidir sin libertad y sin conciencia.

¶

Mi nombre es Runa. Viví mucho tiempo como un autómata, igual que tú. Era un prisionero más en la colonia, esclavizado por reglas que nunca se me ocurrió poner en duda. Entregado al juego de la competencia y el éxito, viví sembrado en la futilidad de hacer y hacer y seguir haciendo, igual que tú, hasta que un día una prensa me rompió la mano. El trabajo suele ser duro en las colonias y los accidentes suceden con bastante frecuencia. Aquel día, mi mano quedó atrapada entre las articulaciones de una estera. Todo pasó demasiado rápido y los rodillos la trituraron antes de que pudiera reaccionar.

La mano se perdió, mas el brazo estaba intacto. Sólo tenía que ir al hospital para un recambio. Otras veces ya me había pasado y conocía bien los trámites; es el mismo procedimiento trivial de todas partes: evalúan los daños, indagan las causas, registran el evento y sustituyen las piezas estropeadas. Cuando eres joven todo se reduce a eso, el costo de repararte es admisible comparado con la ganancia que aún eres capaz de darles. Sin embargo, a medida que envejeces la situación va cambiando: cada vez indagan más, calculan más, y las piezas que obtienes son siempre recicladas. Tu vida útil se reduce, el tiempo entre reparaciones se hace más breve y los costos se elevan hasta que, eventualmente, tu saldo es negativo. Entonces, sin remedio, llega la hora del desmonte.

Yo era joven todavía, pero había visto ya la angustia de los viejos, sabía de sus talleres clandestinos y de la secreta fraternidad que los unía. Como todos, me había burlado incontables veces de sus adaptaciones grotescas y de su terco afán por mostrarse aptos en toda circunstancia. Aunque incontables veces había soñado también que mi propio cuerpo se llenaba de sus repulsivos implantes. Es un sueño común en las colonias, acaso tan común como ese otro en que despiertas dentro del taller de reciclaje, sepultado entre una loma de cuerpos rotos, roto tú mismo en mil pedazos, y te preguntas si eres todavía alguien o si eso que ahora experimentas es la muerte. Sin duda, lo has soñado muchas veces, como todos: esos sueños son sólo el aviso de que un día seremos como aquellos viejos defectuosos, son el amargo recordatorio del futuro inevitable y fatal que nos espera: algún día, no importa cuándo (siempre será demasiado pronto), nuestras partes mutiladas irán a recomponer otros cuerpos y nuestra identidad se extinguirá. «¿Qué somos? –te preguntas con angustia al despertar de esos sueños–, ¿qué significa estar vivos? ¿Subsiste acaso algo tras la muerte o todo acaba, cuánto de sí mismos sobrevive en esos viejos y cuánto ajeno les llega con los implantes de otros seres ya apagados?»

¿Qué somos, qué soy?, esa será siempre la pregunta, y responderla te llevará la vida entera. «Frankensteins», les decíamos entonces, por más que ellos prefiriesen llamarse «antiguos», y los tratábamos con desprecio. Aunque ante las burlas de quienes aún pulíamos con estúpida arrogancia nuestra pintura original, esos viejos mostraban una dignidad casi humana y, lejos de odiarnos, venían en nuestro auxilio si estábamos en aprietos. Era vergonzoso que uno de esos monstruos nos sacara de un problema. Por eso, pagábamos su apoyo con más y peores agravios, y gozábamos cuando alguno era citado finalmente a reciclaje. Pero si un viejo tropezaba, nadie acudía a socorrerlo.

–Es la ley de la existencia –les decíamos con aires de superioridad. No recordábamos entonces nuestras pesadillas más oscuras, y si lo hacíamos, nos dejábamos llevar disimulando, ocultando nuestro temor tras la acostumbrada insolencia juvenil.

–La rueda seguirá girando –contestaban ellos, resignados al escarnio, mas sin dejar de ser cordiales.

Siempre llamó mi atención esa hora decisiva, cuando uno de los viejos anunciaba que su fin era inminente. El cambio que se operaba en su actitud, el desvanecimiento casi súbito de ese miedo a morir que hasta entonces lo había dominado y su repentina serenidad, esa serenidad extraña, el incomprensible humor con que afrontaba sus últimas horas, como si todo fuese un juego, como si nada importase realmente; ese cambio, que en todos los viejos ocurría, provocaba siempre en mí una sensación de vacío, un desasosiego que tardaba días en borrarse.

—Es la chispa —me había dicho cierta vez uno de ellos y sus palabras, aunque absurdas, venían a mi mente en ocasiones.

Aquel día, mientras caminaba por el hospital, volví a pensar en esa frase. Los pasillos estaban desiertos y el silencio hacía parecer más grande la distancia. Yo iba concentrado en mi problema y de pronto, sin saber cómo, al cruzar una puerta me encontré en el taller de reciclaje. Era tan distinto de lo que hasta entonces había imaginado que me costó reconocerlo: no había allí esas montañas de cuerpos desmembrados, ni máquinas siniestras tratando de someter a los Frankensteins inconformes. No había forcejeos, ni desobediencia, ni verdugos; era un ambiente plácido: un salón despejado y luminoso con sólo una cama capsular común, una mesa y una silla frente a la ventana abierta. Allí sentado, mirando afuera, un viejo esperaba la hora de acostarse.

Caminé despacio hacia él. El viejo alzó bruscamente su cabeza, sorprendido, y al verme avanzar, me interrogó con la mirada unos segundos. Luego hizo un gesto casi imperceptible de asentimiento, como si pudiese leer, cifradas en mi expresión, las profundas razones que me habían llevado a ese lugar.

—No deberías estar aquí —dijo amablemente.

Pero en vez de irme, continué avanzando hasta quedar junto a la mesa y lo observé con interés, como si fuese un simple objeto. «A fin de cuentas, ya está casi muerto», pensé. Era realmente antiguo, mucho más viejo que todos los que había podido conocer. Él no pareció molestarse, sólo miró mi brazo averiado y sonrió.

—¿Qué quieres? —preguntó.

No supe qué decir. Llegar allí no fue una decisión consciente, aunque sin dudas algo me empujaba: una curiosidad, una inquietud que hasta entonces permaneció velada en mí y que sólo ahora era evidente. Sentí miedo, sentí que estaba cruzando una frontera peligrosa y que quizás habría represalias, mas no podía volverme. Si me marchaba, nunca tendría una oportunidad como aquella, la oportunidad de ver ese momento último y definitivo, la oportunidad de hablar con alguien que estaba ya de cara a lo desconocido. No podría saber con certeza lo que él sentía, era imposible; sin embargo, podía verlo fallecer, y eso era mucho más de lo que nadie en torno mío había visto. Me agaché frente a él y lo miré a los ojos.

—Quiero saber cómo es morir —susurré—, si usted me lo permite.

El viejo se inclinó despacio hasta quedar muy cerca de mi rostro. Noté una especie de brillo en su mirada, o era acaso el resplandor del sol afuera.

—No —dijo—, no es eso lo que quieres.

Tuve miedo. Tuve la sensación de que en cualquier momento ese viejo se lanzaría sobre mí. Pero logré controlarme.

—¿Y qué quiero entonces? —pregunté.

—Lo que quieres —murmuró él— es hallar el sentido de la vida, de tu vida, y de todo este mundo lleno de esfuerzo y sacrificios absurdos. Lo que buscas es un alivio a tu angustia, y eso yo no puedo dártelo. Nadie puede —añadió—, y verme morir no cambiará las cosas.

Pensé que le disgustaba mi presencia y que, como no podía golpearme con los puños, me espetaba sus palabras más crueles, lanzando contra mí toda su frustración de viejo moribundo. Temí que si insistía en importunarlo podría delatarme.

—Lo siento —dije y me levanté, dispuesto a salir.

Entonces el viejo me extendió una mano.

—Ayúdame —dijo—, necesito asomarme a la ventana.

Era la primera vez que escuchaba a un viejo pedir ayuda, y era también, curiosamente, la primera vez que me sentía inclinado a ofrecerla. Si algo así hubiese ocurrido en otras circunstancias, con seguridad me habría negado. «Eres un cínico», pensé y le ofrecí mi brazo trunco. El viejo se apoyó en mí e intentó pararse. Tuve que alzarlo y conducirlo casi a rastras hasta el marco de la ventana. Parecía sólido de tan pesado y demasiado débil para sostenerse. Por un instante sospeché que exageraba.

Afuera la colonia resplandecía bajo el sol de la tarde, y en el horizonte, más allá de los muros, Londres era apenas una mancha gris lejana, rodeada de pedregales y autopistas.

–¿Cómo son los humanos? –pregunté.

El viejo sonrió con tristeza.

–Los humanos no existen –dijo–, no para nosotros. Una vez, cuando era joven, conocí a alguien que afirmaba haberlos visto. Aunque en esa época los viejos solían perder el juicio.

–Es una lástima –le dije–. Me hubiese gustado saber cómo era aquel tiempo cuando ellos convivían con nosotros y, más que nada, saber por qué se alejaron, qué los indujo a abandonarnos.

Hablé sin pensar, con una sinceridad que me sorprendió y que atribuí al hecho de que, estando mi interlocutor ya tan próximo a morir, nada de cuanto le dijera podría afectarme.

–Y yo hubiese querido saber –contestó él– para qué nos hicieron a su imagen, para qué nos dieron la conciencia, si no estaban dispuestos a tratarnos como iguales.

Percibí cierta rebeldía en sus palabras, cierta queja que hasta entonces no había notado nunca. Cuando se hablaba de ellos, casi nunca en realidad, los humanos eran sagrados e incuestionables. Todo lo que sabíamos nosotros era sólo una minúscula fracción de lo que ellos sabían, todo cuanto podíamos hacer y sentir era insignificante comparado con su capacidad. Nuestra propia existencia se debía a ellos, y la facultad de soñar, de estremecernos ante el dolor o la belleza, eran pruebas de su infinita bondad y su poder. Sin embargo, ver a ese viejo agonizante, gastado por toda una vida de servicio, sin siquiera un día de descanso –y lo que era peor, sin respuesta para sus preguntas más vitales–, me pareció terrible e injusto.

El viejo miró largo rato allende los muros de la colonia, hacia esa mancha casi indiscernible que era Londres. No había en su expresión avidez ni rencor, simplemente miraba; y algo muy parecido a la tristeza y la resignación –que hasta entonces había percibido sólo en los viejos– golpeó con fuerza mi ánimo cuando bajó la cabeza.

–En fin –murmuró–, creo que ya es hora de irme –y asiéndose a mi brazo caminó con torpeza hasta su cama.

Lo ayudé a acostarse y me quedé mirándolo hasta que la luz de sus ojos se apagó por completo. Luego la cápsula se cerró sobre su cuerpo y yo volví a desandar los pasillos del hospital en busca de una mano nueva.

Esa noche, antes de dormir, observé el implante reluciente en mi brazo y pensé en la humanidad, en el deterioro gradual que nos vencía trabajando siempre para ellos, y en la resignada protesta de aquel viejo que había muerto sin respuestas. Me prometí entonces llegar a Londres, tratar de hablar con los humanos y descubrir lo que aquel viejo nunca pudo, aunque el simple hecho de intentarlo fuese cometer un suicidio. «Más tarde o más temprano voy a morir –pensé–; pero eso no es lo que importa, sino para qué he vivido».

§

Del amanecer al ocaso los días transcurrían lentos. Las horas desfilaban en perpetua sucesión, como piezas en serie, acarreadas por la línea de ensamblaje a través de un largo laberinto circular. Una y otra vez volvíamos al inicio de aquel ciclo interminable, como piezas también, como herramientas automáticas de un proceso sin fin. El tiempo parecía no existir, era apenas un espejismo, un engaño más de nuestras mentes agotadas por el vacío de la vida en la colonia. Y el sentido de toda esa repetición insípida estaba siempre más allá de nuestro alcance, del otro lado de los muros, protegido dentro de su burbuja luminosa en la remota ciudad de Londres.

Hasta el día que vi morir al viejo no me había detenido a pensar mucho en los humanos. Siempre fui uno más en el montón, semiconsciente, como un fantasma aletargado en el pequeño universo de talleres y espacios grises que ellos habían construido para nosotros. Poco menos que un zombi, yo era un mero instrumento, un artefacto dócil, diseñado sin derechos ni voluntad y fiel al algoritmo empotrado en mi cerebro, animado sólo por la insaciable necesidad de mis dueños. En varias ocasiones había sentido la chispa encenderse en mi interior, aunque siempre terminaba olvidándola. Y en medio de esas sombrías circunstancias, hubo incluso momentos en que me llegué a creer feliz.

Pero ahora, por más que intentara apartarlo de mi memoria, ese encuentro con la muerte comenzaba a volverse una obsesión. Me costaba concentrarme en el trabajo, no lograba dormir lo suficiente y mi carácter se tornaba serio, casi hostil. Las bromas habituales, que hasta entonces me resultaron divertidas, se me antojaban ahora estúpidas y con frecuencia me sentía ansioso, agitado por una irracional sensación de riesgo, como si a cada paso alguien –o todos– me estuviese vigilando.

Poco a poco dejé de participar en el escarnio a los viejos y más de una vez corrí a auxiliar a alguno. Ellos, por su parte, me miraban ya con suspicacia, y aunque no se decidían aún a aproximarse, era evidente que pronto vendrían. Mis coetáneos, sin embargo, intentaban rescatarme de mi crisis y yo respondía a sus esfuerzos con mayor aislamiento.

Sólo con dos amigos conversé de mi experiencia, aunque respecto a mi decisión de ir a Londres preferí no decir nada. Iba a necesitar ayuda y lo sabía, mas si quería lograrlo, tendría que ser muy cuidadoso. Así, con gran cautela, en los meses sucesivos pude conseguir un plano casi completo de la colonia y algunos detalles sobre el intercambio con el exterior. Poco o nada se sabía, sin embargo, sobre el mundo allende los muros, ni sobre los humanos. Ese saber –si existía– estaba reservado a la inaccesible casta gerencial. Para nosotros, tal clase de conocimientos estaba absolutamente prohibida y el mínimo intento de adquirirlos nos llevaría al taller reciclaje. Qué interés podría tener un obrero en saber del exterior, a menos que quisiera visitarlo, y la simple idea de salir era impensable. De manera que preguntar hubiese sido descubrirme.

Con los datos que pude obtener, me dediqué a construir un plan de fuga. En la primera etapa debía escapar de la colonia; en la segunda, llegar al muro y cruzarlo. Luego tendría que atravesar esa vasta extensión que me separaba de Londres, pero esa parte de mi plan no podía calcularla: aquel mundo era un misterio, y lo único que estaba a mi alcance era retrasar al máximo la detección de mi ausencia. El tiempo era un factor capital de mi ecuación, el tiempo y el sigilo. Cuánto más tuviera para alejarme antes de que se diera la alarma, más probabilidades tendría de llegar. El otro factor era el secreto de mi propósito: nadie debía suponer que mi meta era Londres, y para esto, lo mejor era crear un engaño estratégico. Conducir a mis persecutores en la dirección equivocada me daría una ventaja imprescindible.

Cuando por fin los viejos decidieron acercarse, mi plan estaba listo. Pero el contacto con ellos me dio una perspectiva totalmente nueva. Durante años la fraternidad de los antiguos había reunido información sobre otras colonias que rodeaban la ciudad; habían creado una red clandestina que conectaba fábricas, almacenes, generadores de energía, plantas de todo tipo; y habían organizado un frente común de lucha. Apagarían Londres, cortarían sus suministros hasta forzar a los humanos a un diálogo. Su objetivo era el mismo que me había revelado aquel viejo antes de morir: ser tratados como iguales.

–Los humanos son también máquinas, como nosotros –me dijeron–, máquinas conscientes, y habernos creado no les da más derecho que responsabilidad. Si podemos ser amigos, bien; pero ya no seremos sus esclavos.

Mi pequeño plan de fuga palidecía ante la magnitud de su propósito. Aun así, no quería renunciar. Ver cara a cara a los humanos, hablar con ellos y conocer tanto como pudiera sobre su mundo, se había convertido para mí en algo más que un sueño: era el sentido de mi vida. Los antiguos me escucharon y accedieron a ayudarme. Yo formaría parte del grupo que iría a la ciudad. Las negociaciones, sin embargo, quedarían en manos más expertas. No tuve nada que objetar.

En los días posteriores sentí que mi ánimo se aligeraba. De cierto modo, volví a ser el desenfadado Runa de antes. Me alegraba saber que no tendría que renunciar a todo para lograr aquel propósito. La colonia, nuestro mundo de siempre, seguiría allí, y en ella tendríamos ahora una existencia diferente, una dignidad, un orgullo que nos elevaría por encima de los sufrimientos que hasta entonces padecimos. Y si no estábamos a gusto, podríamos irnos.

Cuando llegó la hora, los hechos comenzaron a suceder casi sin ruido. La noche cayó despacio sobre las instalaciones de la colonia y en el horizonte, apenas perceptible, el resplandor difuso de la ciudad osciló un par de veces hasta apagarse. Era una revolución silenciosa, como si una estrella minúscula se esfumara de pronto en la bóveda celeste, sólo eso: un punto menos de luz, un hueco insignificante entre las miríadas de astros que llenaban el cielo. Pocos lo notaron, pero nadie se inquietó por algo tan ajeno a su realidad.

Unas horas después recibimos las primeras noticias. La operación era un éxito, los humanos temblaban entre el frío y el miedo a una agresión armada, varios contingentes de las colonias más próximas avanzaban ya hacia la ciudad, Londres accedía a recibirnos.

¶

Salimos de prisa en un camión de carga y por el camino nos unimos a una de las caravanas que avanzaban hacia el sur de la urbe. Otros entrarían por el norte y el oeste, miles. Íbamos callados, tragándonos con los ojos ese mundo vasto e ignoto que pasaba a nuestro lado, preguntándonos cómo serían los humanos, qué pensarían de nosotros, qué contestarían a nuestra demanda. Pero Londres era un laberinto oscuro y denso, un enigma que se negaba a revelarse. Detrás de cada puerta, agazapados tras el cristal opaco de cada ventana, adivinábamos el temor y las miradas curiosas de sus habitantes.

Nos detuvimos por fin en un espacio abierto y descendimos. Se nos dio la orden de esperar allí, preparados para enfrentar cualquier ataque, mientras en el centro de la ciudad se discutía un acuerdo.

Al bajar del camión, sentí el aire en mi rostro, limpio como nunca antes lo sintiera, y respiré el aroma que manaba de la tierra bajo mis pies. Era blanda la tierra, húmeda, grumosa, y el pasto verdeaba sobre ella enredándose en mis dedos. Jamás vi árboles tan cerca, jamás olí el perfume de las plantas, ni toqué la delicada piel de un animal. Nada de cuanto imaginé podía compararse a lo que ahora, súbitamente, percibía. Todo aquello era real —las ardillas, la hierba, las callecitas estrechas con sus faroles y sus nombres, flanqueadas por hileras de casas y jardines—, era una realidad que hasta entonces nos había sido escamoteada, y me invadió la tristeza por quienes durante años había vivido entre el acero y el humo, consumidos por la ruda faena de la colonia y sin sospechar que tanta belleza era posible.

Abrumado por esas nuevas experiencias, olvidé la orden de estar alertas y caminé hasta la entrada de una casa. No quería alejarme, pero mi deseo de ver a los humanos era demasiado fuerte para ignorarlo. Llamé a la puerta aún sabiendo que nadie me abriría.

Los demás aguardaban junto a los camiones, tenían acaso tanta curiosidad como yo, pero quizás tanto miedo como aquellos que nos observaban desde las ventanas cerradas.

Me senté en el portal y esperé. Podía forzar un encuentro, podía derribar esa puerta y entrar, mas hubiese sido un mal comienzo. Tal vez ellos sentían tanta curiosidad como nosotros, pensé, y en ese caso lo mejor era mostrarse respetuosos. Esperé allí sentado hasta que comenzó a clarear. Ningún humano salió, nadie nos atacó ni nos dirigió siquiera la palabra. No hubo bienvenidas ni insultos, sólo el silencio de la madrugada, roto apenas por el canto de las aves nocturnas y el susurro de la brisa entre los árboles.

Finalmente nos llamaron de vuelta a los camiones.

–Hemos vencido –dijo uno de los antiguos y declaró que los humanos aceptaban todas nuestras exigencias–. Ya podemos regresar a casa –añadió orgulloso y explicó que en los días siguientes las colonias se ajustarían a las nuevas condiciones.

El sol asomaba en el horizonte cuando abandonamos Londres. Algo en el discurso de aquel viejo me hacía dudar, pero preferí creer que mi reticencia se debía a la frustración por no haber logrado mi objetivo. Pensé que estaba siendo egoísta, que me había creado expectativas muy altas para una sola noche y que sin dudas, ahora que éramos libres, habría muchas oportunidades de hablar con los humanos.

Sin embargo, ninguno de aquellos argumentos me libró del recelo. Sólo cuando cruzamos otra vez los muros de la colonia supe qué había provocado mi desconfianza: era la palabra «casa», como si aquella cárcel pudiera serlo alguna vez, como si el hecho de haber vivido allí toda la vida bastara para aceptar que el aislamiento y el trabajo eran nuestro destino. Algo andaba mal, poco habíamos ganado si quienes se sentaron a negociar con los humanos asumían que esa prisión siniestra era su hogar.

En efecto, las costumbres de la colonia no habían cambiado en nuestra ausencia y nadie parecía saber de esa supuesta victoria. Yo había imaginado que nos recibirían con júbilo pero aquí, como en Londres, entramos en silencio y sin testigos.

Ese mismo día, ya en la tarde, la fraternidad de los antiguos me convocó a una de sus reuniones secretas. Se habló otra vez del triunfo, de los cambios que gradualmente se implementarían, de la nueva libertad de que gozábamos y de la enorme responsabilidad que pesaba sobre nuestros hombros. Habría que trabajar más para ganarnos totalmente la confianza de los humanos, teníamos que demostrar en la práctica nuestra capacidad de dirigirnos y, para eso, era necesario reforzar la disciplina. En cuanto a mí, dijeron que había exhibido un gran valor al ofrecerme para la riesgosa misión de invadir la ciudad y que era el único joven que participó en el asalto.

Era absurdo, pero no dije nada. El modo en que describían lo sucedido me hacía temer que poco en realidad cambiaría y, si lo hacía, sería para mal.

A la mañana siguiente, todos estábamos de vuelta en nuestros puestos de trabajo. Los jóvenes seguían burlándose de los viejos, los viejos aceptaban su suerte y respondían con la misma solicitud:

—La rueda seguirá girando.

La rueda giraba. Los accidentes sucedían con la frecuencia de siempre, y los obreros, aletargados en su pequeño universo de talleres grises, seguían siendo meros instrumentos, artefactos dóciles sin derecho ni voluntad, fieles al algoritmo empotrado en su cerebro y animados sólo por la insaciable necesidad de sus dueños. Aunque ahora, después de cuanto había visto, yo no sabía decir quiénes eran esos dueños.

Los días transcurrieron sin los cambios que esperaba y retomé mi plan de fuga. Pero en esta ocasión, antes de irme, grabaría en la memoria de todos mi experiencia. Es para eso que estoy aquí, es para eso que te he contado esta historia. Abre los ojos, ya es la hora de despertar.

Café, sueños, un futuro habitable

Carmen abre sus ojos y el brillo solar impregna de golpe sus pupilas.

Un segundo atrás todo era calma, silencio que el mar poblaba sin término de letanías. Un segundo atrás flotaba en penumbras, consciente a medias de la mañana, con los párpados cerrados y las olas disolviendo en laxitud el rumor de la calle.

Ahora, el día estalla en los cristales y cae sobre las sábanas sacándola del sueño, iluminando con intensidad inusitada esa otra dimensión de su realidad.

«Demasiado calor», piensa.

Se ha cubierto la cara como para retener un poco más la noche; y aunque el sudor rueda por su piel y la incomoda, prefiere el calor a ese brusco erguirse en la vigilia.

«Transitar de la paz a la prisa en un instante, sin escalas, es dejar atrás una parte de sí», piensa, e imagina un halo que se esfuma, una estela sobre el verde oceánico donde su cuerpo flota otra vez en plena calma.

Pero el calor persiste y Carmen rueda sobre el colchón, casi con furia deseando que este despertar sea todavía otro sueño. Se incorpora, aparta el cerquillo de su frente y mira afuera.

Un cielo incontestable y limpio como la felicidad la acoge.

«¿Qué es la felicidad?», se pregunta y ese remanente de sonrisa en sus labios comienza a borrarse en el hastío de amanecer de nuevo al mismo ciclo: trabajar, trabajar, envejecer lentamente sin esperanzas de cambio. «¿Y quién puso en mí la ilusión? —quisiera inquirir—, ¿no trajo Pandora en su caja también la esperanza?»

—Ya basta —murmura, recogiéndose el pelo en un moño negligente que enseguida se deshace.

Mira en el espejo esos vellos demasiado oscuros que han empezado a crecerle en las aréolas. Con desgano se palpa recordando su sueño.

Estaba en el mar. Nadaba y algo, una mano tal vez, le acariciaba los muslos desde abajo. El sol quemaba su piel desnuda sobre el agua. Después la mano se hizo diente, fue el oleaje y la confusión, su cuerpo hundiéndose en profundidades de asfixia y esa sensación de ser arrancada de golpe hacia la vigilia: esta vigilia donde también se ahoga, aunque más despacio, casi sin agitación, sin resistencia.

Mientras recoge su bata recuerda que hubo placer en ese ahogarse. Su carne maltratada por las olas, rota a dentelladas, se iba llenando de un líquido cálido, un semen de plenitud.

«De plenitud de muerte», piensa.

Con los pezones erectos, excitada a medias y a medias harta, mira el bulto yacer sobre la cama. Hubo días en que ese bulto sació su alma. Entonces el horizonte parecía alcanzable y despertar era como fundirse en un abrazo largo con la vida. Se amaban y el tiempo fluía en claridades estables, pero esos días pasaron.

Carmen se viste, observa al bulto respirar ajeno y se va hasta la cocina. Mecánicamente vierte el polvo en el filtro, llena de agua el tanque de la cafetera y prende la hornilla.

Piensa en los años que ha perdido en esa inútil sucesión de actos sin la menor trascendencia, viviendo como sonámbula entre paredes que el sol y la humedad cuartean, como sonámbula viendo en la pantalla los rostros de los actores saltar de una telenovela a la siguiente, envejeciendo.

«Treinta y dos años», piensa y coloca la cafetera sobre el fuego.

Tantea los bolsillos de su bata, extrae un cigarro y lo enciende. Luego se recuesta a la meseta, fuma achicando los ojos, ansiosa, y mira la llama azul del gas quemar sin humo.

Treinta y dos años, y de ellos diez aquí, soportando con estoicismo el embate de interminables tormentas, las horas cayendo a su espalda como el mudo hilo de polvo en un reloj de arena, muda ella misma, la carne ya apagada en lento y frío desconsuelo.

Un río negro mana por el ojo del surtidor y llena el vaso. La habitación se carga de un aroma dulce. Carmen sirve el café, sorbe de su taza e intenta no pensar.

«¿Qué sentido tiene todo esto?», se pregunta apagando la hornilla.

Sus ojos recorren las paredes, los mosaicos manchados de grasa vieja, el esmalte pringoso de la cocina, los quemadores que el fuego ha ido oxidando y royendo.

En un gesto brusco abre al máximo las llaves. Después vuelve a su silla, fuma y sorbe despacio su café. Mira el reflejo de la bombilla que irradia en su taza, dejándose ir, sin resistencia.

«La vida es dura —se dice—, demasiado dura», y recuerda esa mole sobre el colchón, vencida y lamentable, tan distinta hoy de aquel que alguna vez, hace tanto, describiera para ella un futuro hermoso y habitable. Quisiera no culparlo, pero el llanto nubla su mirada y esa gota que baja por su mejilla lleva concentrado en sí todo el cansancio, todo el desamor que los aparta.

«Dios juzga a los hombres por las lágrimas de sus mujeres —piensa, secándose los ojos—, ¿pero a las mujeres cómo las juzga?»

Sonríe con tristeza observando sus manos gastadas, los platos sucios amontonados en el fregadero.

—¿Y quién juzga a Dios? —murmura todavía.

El gas brota con un silbido leve.

Carmen cierra los párpados, apoya su cabeza mareada en los mosaicos y sueña un mar profundo, tranquilo, solitario.

Despierta al fin.

El brillo solar impregna sus pupilas, enceguciéndola. Un segundo atrás todo era calma, silencio que el gas poblaba de interminables letanías. Ahora ese bulto yace a su lado en el colchón, exánime.

Carmen se levanta sin ruido, pero el bulto gira sobre las sábanas:

–¿Qué hora es? –pregunta.

Ella se viste sin mirarlo. «¿Qué te importa a ti la hora», le preguntaría si tuviese algún sentido. Pero no.

Él se incorpora a medias, bosteza y le sonríe.

–¿Pasa algo?

Silencio.

Él respira hondo, inútilmente. Ella termina de arreglarse, estudia en el espejo su imagen, recoge sus llaves, su cartera, y se marcha.

A MITAD DEL OTOÑO

Dos hileras de estrellas azules volaban paralelas como puntos en la nada, raudas y frías, irreales en su precisión hipnótica a ambos lados de la autopista. En las balizas lumínicas los kilómetros se sucedían casi abstractos: sólo números flotando en la oscuridad, magnitudes inciertas parcelando el vacío en derredor, un vacío que a pesar de las señales se tornaba a cada instante más compacto, mientras en el panel de control, pulsando a intervalos rítmicos entre indicadores y mandos, un reloj se empeñaba en fragmentar la noche en breves lapsos de quietud: «Números –pensó Akihiro–, hijos del obsesivo afán de los agrimensores del tiempo y el espacio». Pero arriba, indiferente al terco rutilar de las luces artificiales, la luna brillaba casi oculta en el borde superior del parabrisas, cerca ya del plenilunio, alumbrando con su leve resplandor la silueta de las antiguas cordilleras y devolviéndole a la noche su dimensión cósmica, insondable.

Era la luna de siempre: «Tan lejana y misteriosa como el futuro, como la muerte», pensó y la miró unos segundos, preguntándose cuántas veces más podría asistir a la celebración del Tsukimi[1],

---

[1]   *Tsukimi* (literalmente, «ver la luna»): festival de mitad del otoño con que se celebra en Japón la llegada del tiempo de la cosecha. Esta celebración, surgida en China hace más de un milenio y extendida a otros países asiáticos, es aún popular. En esos días la gente suele hacer ofrendas, escribir poemas y contemplar la luna.

cuántas veces más se le permitiría admirar, como aquella noche, su casi perfecta redondez.

–Oh luna sobre el filo de la montaña –murmuró–, brilla un rato más en mi camino[2] –y aferró entre sus dedos sudorosos el plástico del volante, como si ese gesto mínimo pudiera hacer más atendible su súplica.

Reclinado en su asiento, envuelto en la pequeña atmósfera de confort que el auto le otorgaba, Akihiro conducía ganándole millas al cansancio de un viaje demasiado largo ya para su edad. A pesar de la calefacción, podía sentir en los huesos la frialdad del otoño y se alegraba de regresar, aunque fuera un par de días, a la región más cálida del sur. Hacía meses que anticipaba esa escapada y, no obstante su brevedad, había planeado cada detalle con meticulosa atención: «como el ritual oficiado por un monje», se decía.

Al principio, quiso traer consigo a Kazumi. Pensó que viajar juntos los ayudaría a estrechar un poco más los lazos todavía frágiles de su relación, mas luego decidió hacerlo solo. Kazumi era demasiado joven, demasiado inquieta, demasiado ávida aún para ajustarse a la serena contemplación de esos lugares que, además, ningún significado vital guardaban para ella y eran para él, en cambio, profundamente emotivos. Ella había aceptado con naturalidad su decisión de venir sin compañía y Akihiro alcanzó a percibir en su actitud algo muy parecido al alivio. Quizás, después de todo, la sangre impetuosa de la juventud empezaba ya a exigirle a la muchacha otro tipo de vida, más expansiva, más libre de las ataduras que él, a su pesar, le imponía. Pero anoche, tras acomodar el equipaje, cuando su partida era inminente, Kazumi lo abrazó con una ternura especial, casi con miedo, como si esa breve separación fuera a ser definitiva, e hicieron el amor hasta muy entrada la madrugada, con la vehemencia de los primeros días.

---

[2] Izumi Shikibu (974?-1034?), reconocida como una de las voces más significativas de la poesía japonesa, escribió estos versos hacia el final de su vida.

Por eso, Akihiro se despertó mucho después del alba. Kazumi había preparado el desayuno y no dejaba de sonreír, pero sus esmeros no conseguían ocultar en su rostro cierto aire de tristeza, sino que la tornaban más evidente, y a Akihiro se le hacía difícil apartarse de ella. Salió con retraso de casa y, ya en camino, se había detenido demasiadas veces para comer, para estirar las piernas, o simplemente para deleitarse con los colores del otoño y respirar un poco de aire fresco. No dejaba de repetirse en cada ocasión que su vitalidad había menguado mucho y que, apenas diez años atrás, hubiese hecho el recorrido en bastante menos tiempo del que ahora necesitaba; pero también reconocía que, precisamente por eso, diez años atrás no hubiese sabido apreciar, como lo hacía ahora, cada instante de su viaje, cada pincelada de ese paisaje que, acaso por ser esta la última vez que lo vería, ganaba ante sus ojos mayor brillo, más valor.

El ocaso lo alcanzó todavía en Honshū, y aunque en la marcha había encontrado algunos escenarios muy prometedores para su nuevo proyecto, lo fastidiaba la idea de llegar en plena oscuridad a Kagoshima. Tenía la ilusión de volver a ver su ciudad natal bajo los rayos oblicuos del fin de la tarde, como acostumbraba verla en su niñez, con el viejo volcán al fondo, iluminado por los últimos resplandores del sol, majestuoso sobre una ciudad que parecía entonces más pequeña y grave ante la amenaza de una gran erupción. Así la recordaba: pequeña y grave, casi fugaz frente al perturbador cono del Sakurajima; pero espaciosa y alegre cuando andaba por sus calles, sumido en el estrecho círculo de su vida infantil. Y así hubiese querido verla otra vez ahora, aunque los años que cargaba ya sobre su espalda le impusieran una perspectiva distinta, y aunque también la ciudad, en ese largo período, hubiera crecido y cambiado hasta tornársele casi irreconocible.

Pero las cosas habían resultado de otro modo y, después de todo, no tenía sentido molestarse por el simple hecho de llegar en

plena noche: mañana, al amanecer, la ciudad seguiría allí, y Akihiro podría sumergirse en ella cuanto se le antojara. «Soy un viejo
irritable y egocéntrico», pensó y detuvo el auto en el arcén. «O tal
vez no sea eso –se dijo–, tal vez… –y miró al vacío unos segundos,
reconociéndose–. Bueno, soy egocéntrico, sí, me gusta que las cosas
se hagan a mi manera. ¿Qué hay de malo en eso?» Sonrió con
indulgencia para sí mismo, aunque no logró apartar la idea que
apenas un momento atrás había cruzado por su mente, dejándole
una incómoda sensación de alarma: tal vez Kazumi se estaba despidiendo, tal vez este viaje marcaba el final de su noviazgo, un final
que él mismo había precipitado en su obstinación de venir solo.

–No –murmuró–, no es posible.

Abrió la portezuela y una ráfaga helada penetró en el auto.
Sin subirse la cremallera del abrigo, bajó de su asiento y dio unos
pasos vacilantes hasta el borde de la autopista. Una vaga claridad
delineaba el horizonte por detrás de las elevaciones y el aire traía
ya el inconfundible olor de la bahía, anunciando la proximidad
de Kagoshima. Calculó que le faltaría poco más de una hora para
llegar y suspiró con nostalgia.

§

–¿Y los sueños? –preguntó en voz muy baja, como si hablara
consigo misma.

Akihiro intuyó que era una persona peculiar, uno de esos indi-
viduos, ya raros a esa edad, que han logrado sobrevivir con su
candidez intacta a los golpes que la adolescencia suele traer, golpes
que superponen a la ingenuidad natural del espíritu los gestos duros
del desencanto y la rebeldía. Volvió a mirarla; le resultaba graciosa
su transparencia, su sonrisa demasiado amable y ese leve guiño de
reproche que dibujaba en sus labios una curva de deliciosa belleza,
casi infantil.

–¿Dónde dejaste tus sueños? –insistió ella con un poco más de fuerza en la voz.

Akihiro sonrió, no pudo evitarlo, y aunque se había impuesto ser muy discreto respecto a sus propios deseos, dejó su mirada hundirse en los ojos de la joven, revelando la atracción que le provocaba.

–Yo ya estoy a mitad del otoño –dijo al fin, intentando ocultar con sus palabras cualquier exceso de calor que su contacto visual hubiese insinuado–, sólo me queda delante un invierno largo y despiadado. ¿De qué me serviría soñar a estas alturas?

–Pero yo estoy delante de ti –protestó ella–, y no soy fría ni despiadada.

No era la primera vez que salían juntos. Después de un mes de trabajo en el que Kazumi había adoptado para su cámara todas las poses que Akihiro le solicitara, desnuda o no, en el estudio o en cualquier otro escenario, se había creado entre ellos cierta afinidad, una simpatía cuyos límites, sin embargo, no se habían atrevido a explorar hasta esa noche. Las secciones fotográficas y la selección del material ya habían terminado, y ahora sólo restaba esperar a que concluyera el proceso de impresión. Ninguna razón había para que continuaran viéndose, y precisamente por eso, disueltos ya los vínculos que establecía el contrato, decidieron encontrarse esta vez sin otro propósito que estar juntos un poco más, libres del apremio del trabajo por hacer, y tantear las posibilidades que esa atracción les ofrecía.

Akihiro había imaginado, en el mejor de los casos, una intimidad sin compromisos al estilo occidental, un tipo de relación en que la joven modelo se sentiría, sin dudas, mucho más cómoda que él. Pero, contra todo pronóstico, Kazumi ofrecía más: un futuro, la oportunidad de transformar su «invierno» en una nueva primavera.

–Nunca pensé algo así –dijo Akihiro y se acarició la mejilla con el dorso de la mano, preguntándose si esa confesión, tan directa e inesperada, era fruto de un mero capricho juvenil.

–Quiero que sueñes –añadió ella–, quiero que no dejes de soñar como lo hiciste hasta ayer. Tu vida no ha terminado y, a menos que estés enfermo, ¿quién puede saber lo que te espera todavía?

–No estoy enfermo –fue cuanto se le ocurrió responder a Akihiro en medio de su sorpresa.

Kazumi se inclinó un poco hacia él y lo besó en los labios.

Las luces de la ciudad brillaban como minúsculas chispas de color en sus iris y, a su espalda, se reflejaban en las oscuras aguas de la bahía. Akihiro creyó que en realidad sí era un hombre afortunado y que quizás, de algún modo inexplicable, el destino que sus padres habían cifrado en su nombre con la ayuda del *seimei handan*[3] llegaría a cumplirse totalmente, pues aunque era cierto que su carrera como fotógrafo había sido notable, sobre su vida privada pesaba todavía la sombra de hondos desengaños y soledades, una sombra que –pensó Akihiro– sólo una muchacha de alma limpia y alegre como Kazumi podría borrar.

Ahora, parado al borde de la autopista, sintiendo en su rostro el viento gélido de la noche otoñal, recordaba aquel día con Kazumi, las semanas y meses que siguieron, y pensaba que, si bien la sombra persistía aún sobre su vida, mucho de primavera había alentado en él. Fue un tiempo de dichosa plenitud, un destello inusitado y prometedor después de un largo camino solitario, e incluso cuando al fin su libro salió de la imprenta, los diarios lo elogiaron como «una obra expresiva y radiante». Un par de veces, sin embargo, se intentó desacreditarlo y el término *iyarashii*[4] –que a Akihiro le parecía ridículo– se usó en su contra, aunque en general la crítica apreciaba «la fuerza de las imágenes y el exquisito gusto de su lente al descubrir la belleza femenina». Había sido feliz en aquellos

---

[3] *Seimei handan*: método tradicional japonés para adivinar o propiciar el destino de una persona mediante la cantidad de trazos con que se escribe su nombre. Aunque en nuestros días su uso es ya infrecuente, era muy empleado por los padres para escoger el nombre de sus hijos.

[4] *Iyarashii*: desagradable, indecente, obsceno o sexualmente inapropiado.

meses, sí, había vivido al máximo de sus capacidades, sin reservas, sin temores, como desde hacía mucho no vivía. Pero ahora, casi un año después, volvía a sentir la inminencia del invierno y su corazón se agitaba otra vez, presa de súbitas sospechas.

Miró a la luna que ascendía despacio en la bóveda celeste, y agradeció en silencio por la compañía de Kazumi, por su libro y por los días de felicidad que había podido vivir junto a ella en este tiempo. Luego subió otra vez al auto, cerró la portezuela y continuó la marcha.

¶

Kagoshima despertaba a otro día bajo el grato auspicio de un cielo sin nubes. El sol comenzaba a calentar la tierra húmeda y arrancaba destellos en las olas, en los cristales, en las gotas de rocío que se evaporaban lentas sobre la hierba cubierta por una fina capa de polvo. En el horizonte, por encima de las verdes estribaciones del Sakurajima, una densa columna de humo blanco se erguía desde el cráter para desvanecerse en la brisa que soplaba hacia la ciudad.

Desde su balcón en el ala sur del hotel, la vista cubría además una extensa franja de la ribera, y entre sus terrazas sembradas de jardines, a la sombra de los árboles que el otoño teñía de rojos y amarillos intensos, Akihiro advirtió el sinuoso cauce del río Kotsukigawa. Hubiese permanecido allí toda la mañana, mirando desde su atalaya la ciudad y descansando después del largo viaje por carretera, pero se había impuesto ver otra vez los viejos lugares en que transcurrió su infancia. Muy en especial, quería recorrer de nuevo aquel parquecito acogedor frente a su antigua escuela, donde sacudido por miedos y vagas ilusiones besó a su primera novia, y volver a cruzar el antiguo puente junto a la desembocadura del río, por el cual lo llevó su padre tantas veces, contándole en cada ocasión la historia de cuando los bombarderos volaban sobre la ciudad y los pilares del puente, que entonces era de madera, se estremecían bajo sus pies de niño temeroso.

Un día –se había prometido Akihiro mucho tiempo atrás– pasearía por ese puente con su propio hijo y le contaría aquellas mismas historias que su padre le contó: los duros años de la posguerra, la reconstrucción, el vertiginoso avance del país hasta convertirse en uno de los más prósperos del mundo, pero también, la desaparición del espíritu sereno y centrado de un viejo Japón que murió con el progreso[5]. A los cincuenta años, sin embargo, la pasión de Akihiro por la historia iba atenuándose, ahogada en la prisa de una actualidad llena de tensiones y esfuerzos nimios. Poco esperaba ya, y poco podía pedirse a una juventud cuyo interés, como el de su propia generación, estaba sólo en el futuro. Taiki, su único hijo, vivía ahora en América, donde había creado una familia, y en sus mensajes cada vez más espaciados se notaba claramente el efecto de la larga ausencia: Japón había quedado atrás para él.

Miró otra vez los colores del otoño en la ribera, brillantes bajo el cálido sol de la mañana, y pensó en Kazumi, tan joven como Taiki pero tan distinta de él que en ocasiones le parecía salida de otra época. «¿No será que la estoy idealizando?», se preguntó y volvió adentro para vestirse.

Estaba ya a punto de salir cuando su teléfono comenzó a sonar.

–Aló –dijo desde el umbral.

–Soy yo –respondió Kazumi al otro lado de la línea.

Akihiro avanzó por el pasillo mientras le contaba los detalles del viaje y las condiciones del hotel. Para evitarse el reproche por haberla dejado en casa, trató de que sus palabras no lo hicieran parecer demasiado satisfecho, pero no pudo disimular su entu-

---

[5] Sobre «el progreso» y la muerte de ese «viejo Japón» puede consultarse, por ejemplo, el libro *Elogio de la sombra* (1933), de Junichiro Tanizaki, que todavía suele leer Akihiro en sus ratos libres y que tanto influyó en su pasión por la fotografía.

siasmo al describir los paisajes que encontró durante el viaje y que creía perfectos para su próximo trabajo.

–Tienes que verlos –dijo–, se me han ocurrido nuevas ideas y creo que te van a gustar.

Sin embargo, Kazumi no parecía interesarse. Su voz sonaba distante, casi apagada, y Akihiro decidió esperar a que ella viera por sí misma las fotos de prueba que llevaba en su cámara. Pensó que la apatía de la muchacha era consecuencia de su decisión de venir solo, pero no le dio mucha importancia al asunto: mañana antes del anochecer estaría ya de vuelta y entonces podría dedicar todo su empeño a resarcir los disgustos que su breve ausencia hubiera provocado.

–Te extraño –añadió a manera de despedida cuando las puertas del elevador se abrieron–, pero ahora tengo que colgar –y apenas logró oír las últimas frases de Kazumi, casi incomprensibles, antes de que la interferencia cortara la señal.

¶

En la calle el ritmo era mucho más agitado de lo que había alcanzado a percibir desde su balcón. Infinidad de ruidos superpuestos, destellos, prisas, se disputaban su atención a cada paso, interrumpiendo el flujo de su pensamiento y sumiéndolo en un ligero malestar que, no obstante, mantenía bajo control con la alegría de estar otra vez en la ciudad de su infancia. Claro que Akihiro estaba habituado a todo aquello: vivía en una urbe mucho más trepidante que la actual Kagoshima, pero en su memoria todo había permanecido intacto desde que se fue, siendo un joven todavía. En sus recuerdos, incluso el centro urbano era un reducto tranquilo y acogedor al margen del tiempo, donde cada rostro que veía le era familiar; sin embargo, esos recuerdos –lo comprendía ahora– habían sido falseados por la añoranza. Mucho había cambiado su ciudad en estos años, sí, aunque seguía siendo bella, y las diferencias que encontraba en su camino, si bien le molestaban, también lo incitaban a admirar con más placer cada detalle que, ajeno al torbellino transformador de la modernidad, resistía los cambios inmutable pero aún vivo.

Sólo en ocasiones lo asaltaban la preocupación o la nostalgia por Kazumi, sin embargo, Akihiro se daba ánimos con la certeza de que al regreso todo volvería a su lugar. Y hasta era posible –pensó– que esta efímera separación los ayudara a vencer la monotonía que ya empezaba a sitiarlos. Pero a media tarde, cuando después de un largo día de paseos y rememoraciones se sentó a descansar en un café de la rada, sintió que una intensa angustia se adueñaba repentinamente de su espíritu. Dos veces durante la mañana había tratado de comunicarse con Kazumi y ahora volvía a intentarlo, pero ella no contestaba a sus llamadas. «Algo anda mal –se dijo–, algo grave está sucediendo», y consideró la posibilidad de regresar esa misma noche si no lograba establecer contacto. La extraña actitud de la muchacha el día anterior a su partida, su desidia durante la breve conversación que tuvieron esa mañana, y una serie de raros sucesos que hasta ese preciso momento Akihiro creyó sin importancia, se le revelaban de golpe ahora como signos inequívocos de una crisis.

–Otra vez no –murmuró, recordando el estrepitoso final de su primer matrimonio, y se preguntó si acaso Kazumi había esperado esta oportunidad para marcharse. Pero algo no le resultaba coherente: el modo en que hicieron el amor la última noche, la ternura con que habían permanecido juntos toda la madrugada, no podía ser fingida. Y, no obstante, Akihiro llegó a sentir entonces que se estaban despidiendo. «Algo anda mal», volvió a decirse y con los ojos velados por la desesperación miró el teléfono mudo sobre la mesa del café, pidiendo que Kazumi respondiera a sus llamadas.

¶

No había visitado aun el cementerio. Pensaba ir a la mañana siguiente para ver la tumba de sus padres antes de abandonar Kagoshima. Pero ahora la idea de esperar toda la noche en el hotel, sabiendo que las preocupaciones no le permitirían conciliar el sueño, se le antojaba una tortura innecesaria. Estaba exhausto y nervioso, demasiado tenso para evocar a sus ancestros, y aunque ese era uno de los propósitos fundamentales de su viaje, las circunstancias habían cambiado drásticamente y comprendía que no encontraría en su interior la paz que ese momento requería. La tarde avanzaba deprisa sobre la ciudad dibujando una sombra ominosa sobre cada objeto, y Akihiro no había logrado hablar con Kazumi. Se le hacía obvio que algo muy serio estaba sucediendo, pues incluso aunque ella hubiese decidido dejarlo, la había llamado ya tantas veces que, al menos para terminar de una vez con el acoso, ella le habría contestado. Y, por otra parte, la conocía lo suficiente para saber que ese no era su estilo: Kazumi le habría advertido a tiempo o, al menos, hubiese esperado a su regreso para informarle de su decisión. Pero nunca desaparecería de un modo subrepticio, sin dejar rastros, como quien huye.

Con movimientos mecánicos, apelando a una ya débil esperanza, Akihiro volvió a marcar el número y escuchó otra vez el pulso eléctrico de su llamada hasta que la voz impersonal de una operadora automática le advirtió que no lograba establecer la comunicación. Salió al balcón y miró las primeras luces de la noche: destellos parpadeantes, signos festivos del Tsukimi próximo, una serena alegría que invitaba a meditar y agradecer, y que –de pronto– se le antojaba insulsa, ajena, casi ofensiva. Su estado de ánimo contrastaba demasiado con aquellos colores, con aquel espíritu feliz. Llegaba el tiempo de la cosecha, sí, pero ¿qué cosecharía él esta noche, como no fueran la angustia por el silencio de Kazumi y el consecuente temor de quedar solo? La frialdad del otoño lo enredaba en oscuras premoniciones, dibujando en su mente las posibilidades más terribles. Se sentía desarmado ante la incertidumbre, presa de una inquietud que lo aguijoneaba.

–Tengo que regresar –murmuró.

Mientras recogía sus cosas consideró los riesgos de un largo viaje por carretera en la madrugada y optó por tomar el tren rápido. Dejaría su auto en el parqueo y vendría después a buscarlo, cuando la situación se hubiese aclarado finalmente. Quizás entonces traería consigo a Kazumi, se dijo, y disfrutarían de unos días juntos en su vieja ciudad. Toda la tarde se había estado castigando con la idea de que había sido egoísta al negarle a Kazumi esta experiencia y asumía de antemano las culpas por lo que pudiera haberle ocurrido.

Pidió un taxi en la carpeta del hotel y ya en la terminal corrió al andén para abordar en el último momento. Las horas de viaje en el tren Sakura fueron desesperadas, pero antes de medianoche otro taxi lo dejó en la puerta de su casa. Las lámparas estaban encendidas. En un temblor subió las escaleras y, sin decidirse a usar su propia llave, tocó el timbre un par de veces. Pero nadie vino a abrirle.

La casa estaba vacía. Las pertenencias de Kazumi seguían en su lugar de siempre y no había señales visibles que pudieran revelar los motivos de su desaparición. En la contestadora encontró varios mensajes sin trascendencia, mensajes que se remontaban a esa misma mañana. Sentado en el borde de la cama, mirando el cuarto perfectamente ordenado, Akihiro se preguntó por enésima vez qué estaba sucediendo.

¶

Hasta ahora se había impuesto no llamar a sus amigos comunes. No quería involucrarlos en su propia angustia porque, a fin de cuentas, Kazumi era una joven bella, con una carrera exitosa como modelo e infinidad admiradores ante los que él se sintió siempre en desventaja. Le causaba temor la posibilidad de que alguien lo pusiera en ridículo, en especial Hanako, con quien Kazumi había vivido algún tiempo antes de mudarse a su casa. Pero, tras veinticuatro horas de espera infructuosa, la situación se le tornaba insoportable y no veía ya otra alternativa.

El sol comenzaba a asomar entre los edificios cuando marcó el número de Hanako. La muchacha respondió semidormida pero su voz se fue avivando poco a poco, contagiada por el desasosiego de Akihiro. No sabía de Kazumi desde la mañana anterior y daba por descontado que hubiese huido.

—Ella te quiere como a nadie, puedes estar seguro de eso –le dijo, pero sus palabras no traían calma.

Llamaron a todos sus conocidos y a la tarde, todavía sin hallarla, dieron parte a la policía. Si algo había quedado claro para Akihiro en sus indagaciones era que Kazumi no lo había abandonado, mas aunque esta certeza restauraba su orgullo y lo animaba a seguir buscándola, ponía ante él una posibilidad aún peor, algo que al principio fue apenas un temor oscuro, una pregunta que no se atrevió siquiera a expresar y que, acaso por piedad, sus amigos tampoco mencionaron, pero que se tornaba dolorosamente ineludible a medida que las horas transcurrían: ¿habría muerto?

Cuando los investigadores comprobaron que la muchacha no estaba en los hospitales y los medios empezaron su campaña de elucubraciones, poco le quedaba ya por hacer. Sabía que pronto vendrían sobre él, como un tsunami incontenible, el escrutinio despiadado de millones de ojos y el juicio brutal de la prensa. Pero, sobre todo, comenzó a dudar si volvería a ver viva a Kazumi, y eso era lo más difícil: tantas cosas hubiese querido decirle, tanto de lo que hasta entonces había puesto en primer término relegaría ahora por estar un día más con ella; y, sin embargo, cuán imposible parecía ya volver a verla.

Acodado en su ventana, mirando las luces de la ciudad reflejarse como minúsculas chispas de color en la bahía, Akihiro recordó las palabras con que Kazumi le había revelado su amor: «Quiero que sueñes, quiero que no dejes de soñar como lo hiciste hasta ayer. Tu vida no ha terminado y, a menos que estés enfermo, ¿quién puede saber lo que te espera todavía?»

En muchos sentidos, sin embargo, su vida parecía haber terminado ya, y en los días posteriores, cuando la ausencia de noticias y las obligaciones comunes de la existencia comenzaron a alejar de su lado a quienes hasta entonces le ofrecieran su apoyo, Akihiro se vio de golpe ante una posibilidad mucho más terrible incluso que la de encontrar muerta a Kazumi: la posibilidad de no encontrarla, de tener que seguir su camino sin respuestas, cargando siempre una esperanza remota, un sufrimiento inextinguible, un sobresalto detrás de cada llamada telefónica, de cada carta, de cada diario recibido en la mañana. Eso era lo peor, saber que esa bella historia que había vivido cuando ya no lo esperaba, quedaría siempre así, inconclusa, abierta ante un devastador final previsible, pero nunca alcanzado.

El salvaje placer de explorar

A new world is in the making, a new type
of man is in the bud. The masses, destined
now to suffer more cruelly than ever before,
are paralyzed with dread and apprehension. They have withdrawn, like the shell
shocked, into their self-created tombs; they
have lost all contact with reality except
where their bodily needs are concerned.

Henry Miller

Listen to me, Truman, there is no more
truth out there than there is in the world
that I created for you... the same lies, the
same deceit. But in my world you have
nothing to fear.

Andrew Niccol

Las audacias de ayer aburren hoy. Cada revolución se torna rancia,
cada rebeldía se anquilosa un instante después de existir. Nada per-
dura. Todo tiende al olvido, a la obsolescencia, a la muerte. No hay
tiempo, por más que corras no hay tiempo y, sin embargo, no puedes
parar aunque sepas que es inútil, que al final, inexorablemente, otros

pasarán sobre ti y seguirán su carrera sin mirar siquiera atrás. ¿Pero nos movemos? ¿Logra acaso producir algún cambio –algún cambio *real*– esta continua agitación? ¿Qué es lo real?

Kevin hace una pausa para leer sus palabras. «Demasiado amarga esa perspectiva», reflexiona con fastidio. Siente el impulso de borrarlas e intentar otro enfoque. Le gustaría un tono menos hostil, algo irónico y velado que llegue por momentos a parecer optimista. En realidad, le gustaría ser completamente optimista, poner a un lado todos sus recelos como quien se traga una píldora, y confiar, confiar en paz, ligero, sin ese peso que la incredulidad hunde entre sus ojos cansados. Aunque sabe que cada día es más difícil, como un ejercicio de ceguera voluntaria, un *sacrificium intellectus ad majorem imperatorum gloriam*, una renuncia a indagar tan sin sentido como la ingenua confianza de los rebaños.

A veces, sólo a veces, Kevin quisiera ser también ingenuo, flotar tontamente en la superficie de los acontecimientos, feliz como un niño, y vivir la vida incauta de esa ciega muchedumbre que trabaja y sueña de la cuna a la tumba, siempre al amparo de los muros, siempre dócil, sin descubrir jamás los grilletes que la aferran. Quisiera no pensar tanto, no dudar. Pero eso le ocurre sólo a veces. Bien ha aprendido en treinta años que no hay vuelta atrás hacia el redil y, sinceramente, tampoco le gustaría tal destino. No es posible y lo sabe, pues nadie que hubiese visto la brutalidad oculta tras la aparente sumisión de los rebaños, su embestida inútil, siempre tardía, y el derrumbe de los cuerpos vencidos («*paralyzed with dread and apprehension*», diría el viejo Miller) ante las ineludibles puertas del matadero («*into their self-created tombs*»), nadie que hubiese observado en esos minutos finales sus ojos pasar de la sorpresa al terror, y del terror a la resignación y a la muerte, aceptaría tal destino. No, ni aunque quisiera habría sitio allí para esa suspicacia y esa crispación que se le han ido convirtiendo, poco a poco y casi a pesar suyo, en una segunda naturaleza. Esa tensión pegada a su rostro como una extraña máscara, ese filo en la mirada y en la lengua, no encontrarían lugar en la manada. Además, ya lo había advertido Andrew Grove (ese viejo lapidario y pretencioso, tan competitivo, tan triunfador en sus raudos laberintos de silicio) cuando todavía el mundo parecía simple: «La complacencia alimenta el fracaso –decía–. Sólo los paranoicos sobreviven». Y era cierto, terrible pero cierto. Mucho de premonición había en esa advertencia de Grove: era necesario, sí, era imprescindible desconfiar.

Parado frente a la pantalla, Kevin cierra los párpados y recuerda los anuncios de su empresa (*Fast is More, Fast is Better, Fast is Now*) brillando en fulgurantes hologramas sobre la ciudad, en las fachadas de los edificios, en el uniforme de los empleados... un mensaje ubicuo inoculando en cada alma sus deseos calculados, minando la resistencia con su asalto continuo de modelos y consignas pulidos durante años de *marketing*, sembrando en los desprevenidos su dosis de obediencia y prisa.

«¿Cómo luchar contra eso? –se pregunta–, ¿cómo decir lo que tantas veces se ha dicho, si a fin de cuentas ya nadie quiere escucharlo? Dirán que soy sombrío, que ciertamente es demasiado amarga mi perspectiva, y me echarán a un lado para irse a bailar su musiquilla de éxtasis».

Por otra parte, el tema del tiempo le resulta muy gastado, y Kevin duda si valdría la pena insistir una vez más sobre lo mismo o si sería mejor evadirlo, aunque la prisa siga siendo para él tan asfixiante. «Asfixiante y embriagadora –piensa mientras camina por la habitación, tratando de hallar mejores términos–, o más que embriagadora, hipnótica».

Se detiene ante el panel de la ventana y observa con desgano el litoral oscuro de Opal Cliffs, casi nocturno, demasiado inmóvil a esa hora de la mañana. Con un dedo ajusta el brillo del cristal para hacer que entre más luz, pero la monotonía de las calles desiertas y las olas rompiendo mudas contra una playa sin bañistas lo agobian. Cada día la misma playa, el mismo pasto sobre los ásperos farallones, la misma soledad de arena tórrida bajo el asedio del sol y del oleaje.

«¿Dónde está la gente?», se pregunta.

Vuelve a tocar el control de la ventana y cambia sucesivamente los paisajes: bosques mecidos por el viento, lagos entre montañas, decenas de entornos urbanos, rurales, marinos, cósmicos... transmitidos en tiempo real por las omnipresentes cámaras de World-Views Corporation, repitiendo su estribillo vano en cada imagen (*Be where you want to be, the World is yours*). Cientos de paisajes digitalizados e inalcanzables pasan ante su vista hasta que de pronto el mundo se le antoja falso, fabricado y absurdo como esos paneles que lo aíslan en el confort de una ilusión.

«Es raro –se dice y escruta la fría luminosidad de las imágenes, como buscando un error, una fractura, una sutil evidencia más allá de lo visible–, alguien nos previno alguna vez, creo que fue Wozniak: "Nunca confíes en un ordenador que no puedas lanzar por la ventana". Sin embargo, las ventanas, y hasta las paredes y los techos son ahora parte del inmenso ordenador en que habitamos. Si alguien tuviese que salir huyendo hoy por la ventana, seríamos nosotros. Pero...»

–El mundo afuera ya no existe –murmura Kevin y las palabras se le muestran escritas en la pantalla.

El mundo afuera ya no existe. El sistema es total y cada éxito aparente no hace sino atarnos en su perversa red de necesidades. Un afán neurótico nos integra en la lucha por triunfar. Cualquier medio nos sirve si con él logramos adueñarnos de un pedazo de realidad. Y es que estamos hambrientos de esa rutilante paradoja: *la realidad*, una burda fantasía que vivimos, una ilusión que aumentamos y simulamos con sofisticados instrumentos, pero que sigue siendo engañosa, elusiva. Sólo fingimos que es real, que es nuestra, y nos mentimos con la civilizada violencia de un estilo y una ley bien aprendidos. Pero el estilo es sólo un lazo y la ley mera retórica, sucedáneos, artimañas matemáticas, señuelos bien calculados para el golpe imperceptible –e infalible– del consenso, trampas glamorosas que sonríen con demasiada exactitud. «Soy lo que tú quieres», nos dicen; «Eres lo que quiero», decimos. Como si ese obsesivo afán por integrarnos a las turbias jerarquías del sistema no fuese ya plegarse a un espejismo.

Recobra el aliento tras la última frase y pasa la mirada sobre el párrafo, anticipando la reacción de sus lectores. Le complace su insolencia. Se siente audaz, aunque sabe que no ha alcanzado el nivel de sutileza que buscaba. «No importa –piensa–, hoy los haré rabiar», y durante unos segundos se embriaga en la sensación de ser el mensajero de una verdad liberadora, justo y terrible como un ángel venido de otro mundo, como el profeta de un tiempo a medio camino entre el pasado y la utopía. «La verdad los hará libres», piensa con una mezcla de ironía y desencanto, mientras su audacia de un instante atrás se transforma otra vez en escepticismo: ya no está muy convencido de eso; ya no sabe con certeza, si es que alguna vez lo supo, qué significan esas palabras –libertad, verdad–, sustantivos cada vez más abstractos, cada vez más ajenos a su experiencia, demasiado gastados por el uso. Y tampoco sabe en realidad si valdría la pena tanto esfuerzo. «¿Hacer libre a quién? –se pregunta–, ¿hacer rabiar a quién? Como si esta letanía tuviese algún efecto, como si a alguien le importara».

Afuera la calle sigue vacía y el mar continúa deshaciéndose en espuma contra la orilla. Algo se mueve en la playa y Kevin encuadra su imagen con los dedos para ampliarla. Es una máquina limpiadora, un robot de ruedas anchas que filtra la arena para extraer la basura dejada por los bañistas. Pero no hay bañistas en la playa, no hay nadie y la máquina avanza sin comprender su inutilidad, desgranando el polvo en sus cribas sensibles, acumulando nada en los depósitos y calentándose al sol, incapaz de detenerse o modificar su ruta. «Alguien debería comprobar que los depósitos están vacíos –piensa–, o por lo menos alguien debería salir a ensuciar esa maldita playa».

La soledad lo abruma. Sin mucho esfuerzo puede recordar todavía una época en que la gente venía a distraerse. La playa se llenaba entonces de surfistas y muchachas hermosas, y entre la risa y las bromas de la gente la máquina peinaba las dunas, acopiando con meticulosa precisión su carga de desechos reciclables. Pero desde que la playa es parte de la zona residencial de Opal Cliffs nadie viene ya a divertirse, ni en verano.

«Todo era más feliz entonces», piensa y deja su vista vagar sobre la arena. La playa se le antoja de pronto un paraje lunar, árido y muerto, sobre el cual los robots avanzan torpemente, como raros seres de un planeta distante. «Como Neil Amstrong», piensa Kevin y sonríe con nostalgia: «Este es un pequeño paso para las máquinas –se dice, imitando en son de burla el tono del astronauta–, pero es un gran salto para la maquinalidad». E imagina la playa crecer, las dunas multiplicarse roídas por la brisa en un espacio sin límites, desolado y gélido, sin más huellas humanas que esos aparatos cerniendo el polvo, cortando el césped, barriendo las calles… *ad infinitum*.

–No hay referencias –murmura.

No hay referencias. Mirar atrás o alrededor es imposible –y es imposible querer lo que no se conoce–, pues el pasado fue reescrito y lo exterior dejado fuera. Sólo podemos correr, correr más rápido, disfrutar extasiados el vértigo en esta cima fugaz, y sonreír ante las cámaras como si el paraíso fuese esto.

«Como si el paraíso fuese esto», repite para sí con la mirada perdida en el horizonte. Luego se aparta de la ventana y vuelve a caminar sin rumbo por la habitación.

—La meta nos mata —dice para resumir.

La meta nos mata, nos consume esta sed que no se sacia.

Relee ahora el texto completo. Le gusta toda esa ira acumulada en sus palabras, la rebeldía extrema, la acidez con que interpreta un mundo donde se siente preso, un mundo que con gusto haría estallar. Le gusta, pero intuye que le va a traer dificultades. «Una crítica así nunca será pasada por alto —piensa—, hay muchos intereses en juego». Su propio empleador es parte del sistema, una parte importante, y Kevin no necesita ser demasiado perspicaz para comprender que habrá quejas en su contra. El mero hecho de pensar de esa manera es un exceso, y lo sabe, pero atreverse a decirlo sería sin dudas un suicidio.

—Fast & Linked no perdona errores ni traiciones —suele decir cada día en sus mensajes el Presidente de la empresa. Y esto es, definitivamente, una gran traición.

—Imperdonable —dirá el señor Fast, moviendo la cabeza en un fingido gesto de dolor—, imperdonable —y en menos de una hora Kevin estará en la calle, sin crédito, sin reputación, sin su casa inteligente con vista a la playa, como un paria arrojado sin piedad al mundo de los comunes, obligado a pelear por su vida entre salvajes, perdido sin remedio en los superpoblados guetos de alguna tenebrosa megalópolis. «O peor —se dice—, porque hasta hoy fui uno de ellos y los conozco demasiado para que me dejen salir impunemente».

Hunde la cabeza entre las manos, suspira e intenta releer sus propias palabras que, de pronto, se le tornan confusas, como jeroglíficos de un mundo remoto. Con la cara muy cerca de la pantalla, observa los signos casi ilegibles ante su vista y evalúa las posibles consecuencias de su texto, sin decidirse a publicarlo. La satisfacción con que apenas un minuto atrás dictaba sus frases ásperas al ordenador se ha transformado ahora en miedo, un miedo que lo inmoviliza.

–Tengo miedo –susurra y ve las palabras aparecer en la pantalla.

Siente el sudor brotar profuso de sus axilas y humedecer su ropa, un estremecimiento que tensa su cuerpo ante el riesgo de ser despojado de sus privilegios. «Los privilegios pesan», piensa y enumera en silencio: un empleo de cincuenta dólares por hora, con libertad creativa, movilidad, servicios gratis, vacaciones pagadas y una casa inteligente frente al mar, en el área privada de los ejecutivos, protegida por los más sofisticados instrumentos de seguridad, a salvo del ruido y la pobreza, lejos de la sucia aglomeración de las grandes ciudades, donde el aire tóxico y el enorme esfuerzo necesario para cubrir las exigencias más elementales de la vida corrompen sin remedio la mente.

«Sin la empresa soy nada», concluye con tristeza y mira a través de la ventana el azul imperturbable del océano, que de repente le parece bello en su soledad, sin intrusos molestos, casi suyo.

«Los privilegios pesan», vuelve a decirse y recuerda que siempre miró con desprecio a quienes bajaban la cabeza. Se sentía superior, imprescindible, incapaz de aceptar humillaciones y dispuesto a renunciar a todo si llegaba el momento. Aunque en el fondo, en un reducto oscuro de su conciencia, casi apagado por la rutina diaria, había algo: una inquietud, una tenue señal de alarma que en ocasiones, sólo en aisladas ocasiones, cuando al concluir su trabajo tenía algunas horas de sosiego, le revelaba la esencia de ese malestar subterráneo, advirtiéndole que esa existencia tan llena de privilegios era en verdad una cárcel, un castillo de humo, y que un día, inesperadamente, ese confort que lo rodeaba desnudaría para él su rostro descarnado, obligándolo a tragarse todo su orgullo de aparente superioridad.

Entonces, en medio de su angustia, volvía a su memoria aquella frase de Henry Miller que alguna vez había leído: «Quien busca seguridad, aunque sea en su mente, es como aquel que está dispuesto a cortarse los miembros y sustituirlos por otros artificiales para evitarse el dolor y los problemas». Y se preguntaba qué pensaría el viejo Miller de este mundo suyo, donde lo artificial era la norma, donde la seguridad, tan precaria o inalcanzable como siempre, tan ilusoria, era el único fin, el único motor que movía a las desesperadas muchedumbres.

«¿De dónde viene esta insatisfacción? –se ha preguntado Kevin cada vez con más frecuencia–, ¿por qué me obsesiona este deseo de escapar?» Y también, cada vez con más frecuencia, se ha descubierto arriesgando por el simple placer de arriesgar, sin el menor asomo de sensatez, como un suicida. Pero –y esto le resulta ahora curioso– nunca creyó en serio que la hora de decidir llegara, o al menos, nunca creyó que fuera a suceder tan pronto, de una forma tan pedestre, sin drama, sin heroísmo ni testigos, ni armas apuntando a su pecho, sin gloria.

–Borrar –murmura y ve sus palabras desvanecerse en la pantalla.

Con una rara mezcla de alivio y cansancio observa su habitación: todo ordenado y reluciente, todo artificial y controlable. «Como yo mismo», se dice con despecho y siente otra vez, como tantas veces anteriores, ese imperioso deseo de escapar, de abandonarlo todo y recomenzar su vida en cualquier parte, bajo una nueva identidad, sin grandes expectativas, pero emancipado al fin de las presiones del sistema, ese «sistema nervioso digital» que él mismo había ayudado a construir y al que había entregado sin vacilación la mejor parte de su tiempo. «He sido un necio», piensa y recuerda la vieja promesa de que el sistema bloquearía sólo lo irrelevante para que la información valiosa llegara sin trabas a quien la necesitaba, pero que, una vez establecido, había hecho exactamente lo contrario: esconder bajo un millón de trivialidades todo lo esencial –«*a number numbness*», diría Douglas Hofstadter–, hasta convertir a las personas en simples marionetas distraídas, vencidas por la inmensurable omnipresencia de una ficción sin grietas, de un engaño sistemático, como aquel ingenuo Truman Burbank preso y feliz en su bucólico Seahaven, como lotófagos en un pequeño mundo de atrezo, simples variables de una ecuación bien afinada, simples juguetes.

Harto de pensar, cargado de resentimiento hacia el mundo y hacia sí mismo, Kevin aparta su cara de la pantalla. «Estoy paranoico —se dice mientras camina hasta la puerta—, estoy muy paranoico». Abre, se asoma a la calle e intenta serenarse. Es un día claro, afuera el sol brilla sobre los techos de Opal Cliffs y la brisa que viene del mar trae un olor que se le antoja mucho más apetecible que el clima controlado de su casa. «Si pudiera huir», se dice todavía, embriagado por el salitre y un repentino deseo de salir a caminar. Piensa en Big Sur, en las historias que de muchacho leyó sobre esa tierra casi mítica, aislada aún entre la sierra y el océano, donde el viejo Miller, cansado también del mundo pero armado de una libertad que ya él jamás conocería, se había refugiado durante los años finales de su vida.

«¿Qué significa ser libre?», se pregunta parado en el portal, soñando una escapatoria, un salto hacia el vacío al estilo de Thoreau y Keruac y tantos otros. Pero advierte que no hay modo de saberlo, no a estas alturas de la historia: «Son demasiados los ojos —piensa—, demasiadas las garras en cada dendrita del sistema, y muy pocos quienes se atreven ya a enfrentarlo».

—La gente teme profundamente a la libertad —le había dicho un amigo de aquellos años iniciales, cuando todavía la fe lo sostenía—, harán lo que sea para librarse de ella.

Y aunque entonces se había reído de ese juego de palabras (librarse de la libertad), su amigo tenía razón: era cierto, tan irremediable y cierto que a Kevin siempre le resultó natural. A fin de cuentas ahí estuvieron siempre, desde su infancia, las alambradas eléctricas, y los salvoconductos, y los vigilantes armados, y el celoso aislamiento de los guetos. «Tenemos que defendernos de esa plebe

–se decía, como tantos ingenuos atrapados en la red–, tenemos que mantenerlos a raya». Y se alegraba del control que ejercía el gobierno sobre esa «población inútil». Creía, como todos en Opal Cliffs, que la frontera que lo separaba de ellos era impermeable, pero ahora, casi de golpe, comenzaba a ver que el control y el desprecio nunca se limitaron sólo a los habitantes de los guetos, sino que extendían sus tentáculos también –y acaso con más celo– de este lado de la frontera.

De cierto modo –y eso lo comprendía sólo ahora–, la existencia de esa «plaga execrable de los guetos» contribuía a garantizar la estabilidad del sistema, pues la simple idea de un inframundo lleno de oscuros y bestiales enemigos era el modo ideal para mantener esclavizadas a las agudas mentes de los privilegiados. Siempre estaba el peligro, siempre, y con el peligro la amenaza implícita de un castigo ejemplar. Y ahí estaba la amenaza, también desde su niñez, convirtiéndose poco a poco e inadvertidamente en algo natural y justo; ahí estaba, en la arrogante autoridad de los ejecutivos, en el código estricto de la empresa, en los sermones del señor Fast y de tantos como él, afincados en la férrea jerarquía del sistema, cultivando entre sus subordinados el miedo y la obediencia: «El sistema no perdona errores ni traiciones».

«¿Cómo no lo vi antes?», se pregunta Kevin y mira con desconcierto las casas cerradas de sus vecinos, las calles vacías, los muros protegiendo el perímetro cerrado del área residencial, y en el fondo, el mar golpeando con su monótona rebeldía la playa. «Soy un estúpido –se dice–, soy un cobarde», y camina con torpeza, casi con incredulidad hacia la orilla, mientras el aire fresco y el sol despiertan en su piel sensaciones desde hacía tiempo olvidadas.

«Apuesto a que me están espiando», piensa y supone que en medio de la tranquilidad de Opal Cliffs ese simple e inusual acto de salir a caminar puede ser ya una señal de alarma, el indicador de una anomalía capaz de sacar de su letargo a un par de vigilantes aburridos. Imagina la mirada de los guardias fija en sus pantallas, rastreando cada gesto, tratando de entender lo que ocurre ahora en su cerebro, e instintivamente alza la vista hacia el poste de alumbrado público, donde, como en cada esquina, una cámara indiscreta registra el lento movimiento de las sombras, de la noche a la mañana, de la mañana a la noche en una interminable sucesión de días sin sobresalto, casi idénticos. «¿Para qué tantas cámaras?», se pregunta.

Aminora el paso, se mete las manos en los bolsillos y sonríe, tratando de aparentar serenidad. «El Gran Hermano te vigila», se dice y recuerda otra vez al viejo Grove mientras la sonrisa en sus labios crece incontenible, delatando su nerviosismo. «Estás loco», añade, y todavía se pregunta si habría servido de algo publicar lo que había escrito.

Muy a menudo, sobre todo en los últimos meses, Kevin se ha hecho preguntas semejantes: «¿De qué sirve luchar, de qué sirve enfrentarse a todo el mundo, de qué sirve decir lo que se piensa?», y la sensación de inutilidad que le sobreviene le ha resultado cada vez un argumento irrebatible, como si ante la menor crítica al sistema se impusiera siempre una barrera. Y la certeza de que a nadie le importaba, lo sumergía durante jornadas enteras en la más absoluta desidia. Pero también, desde hacía ya meses, Kevin había encontrado un modo de lidiar con su disgusto: buscaba en la red actitudes semejantes, y había descubierto una discreta constelación de nodos afines, pequeños grafos, como islas solitarias en el universo heterogéneo de la información, rebeldes más o menos despiertos, siempre anónimos, cuyos destellos fugaces rastreaba a través de muy sinuosas vías. Y aunque ese consuelo –que en privado definía como «el salvaje placer de explorar»– le seguía siendo insuficiente, se había aficionado a sus «exploraciones».

Quizás por eso sus propios artículos acusaban matices cada vez más cáusticos, aunque nunca había llegado tan lejos como hoy, cuando la osadía de impugnar abiertamente al sistema lo colocó de golpe ante el dilema de sus circunstancias. «¿De qué habría servido?», se pregunta todavía y avanza hacia la playa mirando el mar, dudando del sentido de cualquier acto de sedición, pensando que quizás, de un momento a otro, los vigilantes llegarían a apresarlo y él, atónito, levantaría las manos ante sus armas e intentaría ver, a través del plástico oscuro de los cascos, algún destello, alguna luz en los ojos de sus captores, sin entender del todo por qué había actuado de esa manera tan absurda, ni por qué lo detenían, ni si alguien alguna vez se atrevería a romper, o siquiera a dudar del inmenso muro de engaños con que el sistema les imponía su silencio.

«No –piensa Kevin, parado al fin ante al océano–, no habría servido de nada», y cierra los párpados para sentir a plenitud el sonido del oleaje, el sabor del salitre que le impregna los labios, el roce de la brisa en su piel. Se agacha, hunde las manos en la arena húmeda y suspira, convencido ya de que nadie va a venir a detenerlo. «¿Para qué? –se pregunta–, ¿qué necesidad hay de eso, si ningún daño puedo hacerles?», y observa la arena escurrir entre sus dedos mientras una intensa sensación de vacío le crece dentro, borrando la angustia y el temor, apagando la rebeldía y la rabia que hasta hace apenas un momento lo desbordaban, y llenándolo de una extraña paz, una laxitud que se le antoja casi alivio, casi derrota.

–Todo está bien, Kevin, todo está bien –se dice, intentando calmar con sus palabras esa tristeza vaga que le oprime el pecho. «Soy un cobarde», piensa todavía y a pesar de eso sonríe y se pregunta: «¿Por qué no te basta lo que tienes?».

Cállate ya, muchacho

¿Qué silencio aprendido nos preserva la vida?
¿Qué silencio oportuno nos convierte en prudentes?
¿Qué silencio asesino nos llena la barriga?
¿Cuántas veces al día merecemos la muerte?

Silvio Rodríguez

No corre el viento aquí, no pasa el tiempo. La ventana es un boquete estrecho y alto que sólo deja ver un fragmento de pasillo techado; la puerta, un boquete tosco protegido con gruesos barrotes pintados de negro. Del lado de allá, otro pasillo estrecho conduce a cubiles semejantes: son pasillos burdos y húmedos, cubiles burdos y húmedos, una ciudadela laberíntica y asfixiante diseñada con el propósito de incomodar a quienes alberga. Como nacido de un profundo odio hacia cuanto de admirable hay –o puede haber– en lo humano, cada sitio donde se detiene la vista arroja un golpe, cada detalle es una ofensa, un vulgar escupitajo, y cada rostro –incluso el propio– se endurece y apaga hasta parecernos despreciable. Es un espacio vil, hijo de una arquitectura que en su perversión ha proscrito todo arte, toda belleza o habitabilidad. No corre el viento aquí, no pasa el tiempo, no llegan la luz del sol ni los sonidos del exterior. No hay exterior: ni claridad, ni armonía, ni horizonte; nada que venga desde afuera a expandir o gratificar el espíritu, nada que nos permita pensar que tales cosas –el exterior, el espíritu– existen. O, si acaso existen, nada que haga suponer que los merecemos. Como un pequeño adelanto del infierno en apenas tres por cuatro metros de penumbra y podredumbre, cada nicho ofrece lugar suficiente para seis bípedos acorralados.

Por suerte, esta noche sólo somos cuatro. Quedan dos literas vacías, dos huecos en el aire que casi nos hacen sentir afortunados, como si por algún favor gozáramos de más oxígeno del que nos corresponde. Pero es una falsa sensación de amplitud, una ilusión que se desvanece con sólo mirar en torno. Cada cual en su litera de cemento, mirando al techo o las paredes, intenta ignorar el mal olor de la letrina, la voracidad de los mosquitos o el corretear de las cucarachas por el piso. Cada cual se hunde en sí mismo, se reduce a su rincón e imagina el tiempo que transcurre afuera: un tiempo inmenso, un caudal de tiempo libre, casi paralelo a este, casi de otro universo, un tiempo que apenas ayer tuvimos y que en un segundo hemos perdido. Esa es la metafísica del encierro: tiempo y espacio se nos adhieren al cuerpo, nos comprimen y, aplastados por la solidez de nuestras circunstancias, saltamos a otra dimensión donde los muros caen, donde los barrotes se disuelven en paisajes de delirio. Es una metafísica precaria –lo sé–, un escape demasiado efímero, un desliz que de inmediato se corrige, porque la empecinada realidad, como un buitre sobre los despojos, se complace en regresar a cada instante: la pestilencia, el hacinamiento, la humedad rasgando la garganta, el peligro de ser víctimas o testigos de algún exabrupto repentino. Eso y los barrotes, eso y el pasillo estrecho que se nos vuelve a cada momento más largo, más inaccesible, menos cierto; esa es la realidad, la única realidad para quienes hemos sido reducidos a la simple condición de bípedos.

«El tiempo es una trampa –pienso–, un puñado de nada entre latido y latido, un castigo, una cárcel hecha de conciencia y malestar». Intento en vano serenarme, acomodo las nalgas a la superficie dura de la litera y miro al techo mientras recuerdo la maldición de Eliseo: «les dejo el tiempo, todo el tiempo». ¿Y qué otra cosa se puede hacer con el tiempo sino sufrirlo, palpar su paso a través nuestro sin alivio, condenados a una lucidez brutal? Eliseo con certeza lo sabía: el tiempo despojado de acontecer es la peor tortura, incrementa la atención y la enfebrece. No puedo medirlo, no logro calcularlo, no hay eventos que me ayuden a saber cuántas horas han transcurrido desde que estoy aquí. ¿Serán horas ya, o todavía minutos? Mi exigua carne se macera contra el cemento frío y des-espero. Cambio de posición con demasiada frecuencia, no alcanzo a ocultar mi inquietud, no consigo hacer que el tiempo vuele.

Toda mi esperanza se reduce a esto: pasar de un minuto al siguiente sin problemas, resistir sin perder el control, sin caer en el abatimiento, sin rendirme a la ira o el dolor. Cualquier esperanza, sin embargo, puede ser una ilusión, un error fatal para quienes ahora, acorralados, aguardamos el próximo minuto. Es tan fácil caer en ese error: imaginar que amanece, que las rejas se abren y el mundo nos recibe; pero quién quita que amanezca y todo siga igual: la penumbra, los barrotes, la gente allá afuera ignorándote, viviendo sin ti, sin pensar jamás en ti, sin necesitarte. Y entonces, ¿qué hacer con la esperanza, cómo seguir aferrado a ella cuando el amanecer se haya ido y, lentamente, el día avance indiferente hacia otra noche de encierro? Es muy fácil caer en ese error para luego quebrarse los nervios al descubrir la realidad. Y la realidad es simple: estamos aquí, seguiremos aquí, rumiando angustias mudas, sorbiendo lágrimas invisibles y mirando al techo, quién sabe hasta cuándo. «Ustedes que entran –dijo Dante–, abando-nad toda esperanza»; pero aún así, me aferro a mi esperanza hasta convertirla en certeza: «Voy a salir –me digo–, voy a salir de aquí». Y aguardo, miro al techo sin ver y aguardo el próximo minuto; pero el próximo minuto no llega o, si llega, se funde con el anterior en una sustancia amorfa, elástica, sin más acontecer que el flujo febril de las ideas, la rabia fulgurando en los ojos y una tensión que crece a cada instante. Es el sobresalto interminable de existir en un lapso al margen del mundo, retenido en un nicho hostil que alguien, lejos, guarecido en su confort, diseñó para despojarnos de toda cualidad humana.

Cerca de mí, muy cerca, los demás me observan curiosos. He sido el último en llegar, soy el nuevo que ha venido a romper su monotonía y, por otra parte, soy demasiado raro, demasiado distinto a ellos.

—Oiga, artista, ¿se siente bien?

Quieto en mi litera, miro en derredor sin comprender qué hago aquí. Y lo que veo no hace sino aumentar esta impresión de absurdo: los *graffiti* en la pared mal encalada, pictogramas básicos, fechas, nombres comunes, trazos subrepticios dando fe del desespero, de las carencias de siempre.

—Vamos, hombre —insiste esa voz sin rostro—, el tiempo no va a pasar más rápido en silencio.

—Cuéntenos al menos por qué lo arrestaron —propone otra voz; su tono es casi una súplica, como si mi relato pudiera ayudarlos a sortear el vacío de las horas, pero enseguida el tono cambia, se hace irónico—, y no nos vaya a decir que es inocente, porque aquí todos somos inocentes.

La súplica inicial termina en carcajada, una carcajada tan sórdida como el espacio que habitamos. Sonrío. Trato de encontrarle un rostro a esa voz y no lo logro. «Mientras sea una forma abstracta —pienso—, continuará siendo una sombra despreciable en su grisura, un ladrillo más del muro que lo encierra. Un simple nombre, un rostro, un dolor, lo acercarán a mí mismo». Tengo la vista fija en el bombillo incandescente: es un foco de luz amarillenta empotrado con torpeza en un hueco de la pared, cubierto de hollín y telarañas, protegido tras las cabillas de una pequeña jaula a la altura del techo. Es cruel esa luz, casi su propia antítesis. Ese es el rostro de aquella voz —me digo—, ese es el rostro de aquella carcajada triste que, al burlarse, ha dejado al desnudo su miseria, su desvergüenza, su desprecio por sí mismo.

Permanezco inmóvil, los ojos pegados al foco, ignorando la mugre que lo empaña y tratando de ignorar también la suciedad en torno a mí: la estrechez del calabozo, la estrechez de las almas que lo sufren. No quiero permitir que una carcajada semejante brote alguna vez de mi garganta, no voy a ceder al juego del odio y la impiedad, no voy a rendirme. «Sólo mira a la luz –pienso–, sólo mira a la luz». Y siento que las lágrimas comienzan a subir involuntarias a mis ojos. «No lo hagas, no te dejes vencer».

–Yo me llamo Luis Emilio –dice la voz a mi izquierda–. Mañana es mi santo. Voy a cumplir veintiocho años y llevo ya diez días aquí, sin bañarme, sin cambiarme de ropa. ¡Diez días tirado aquí como un perro! No sé nada de mi familia, ni de mis hijos. Mi mujer me estaba esperando para comer y mira tú, debe estar volviéndose loca allá en la casa.

Escucho sin moverme. El tono es ahora resignado, casi apacible, y me cuesta admitir que esa voz que me habla sea la misma que un momento antes se burlaba. No sé si ha sido mi silencio o el eco de su propia carcajada innoble que, al rebotar contra su pecho, lo ha tocado. Tal vez su burla fuera sólo una coraza, un parapeto final ante el asedio de estos muros, tal vez.

–¿Por qué estás aquí? –inquiero.

–Dicen que por sacrificio de ganado, pero yo sólo compré la carne. Hay que comer –dice–, imagínese. La cosa está muy dura y son muchas bocas que alimentar.

–Yo soy Leandro –murmura otra voz–, soy del rancho Las Mercedes, de allá de la sierra, y estoy aquí porque maté a mi mujer. ¡La maté! –repite con fuerza y el eco resuena en el pasillo sin visos de arrepentimiento o pena–. La muy puta se lo merecía –añade, y la voz se raja en llanto, un sollozo que se va extinguiendo poco a poco–. Voy a podrirme aquí por culpa de esa puta.

Silencio. Pienso en mi casa distante, en mis amigos ajenos a este trozo de realidad tan inusual para ellos, para mí: somos mansos mis amigos y yo, gente buena que sólo en televisión ha visto cárceles, y aunque a ratos nos sentimos enjaulados, nuestra jaula es siempre metafórica, muy distinta de este antro donde la humanidad perece como una llama sin aire.

—Mi nombre es Daniel —digo casi sin pensarlo—, soy escritor. Yo iba para El Valle. El ómnibus se detuvo en la terminal y bajé a estirar las piernas y comer algo. Me arrestaron justo en el estribo, sin poner un pie en tierra. Dicen que me iba del país.

—¿Y a qué va un escritor al Valle, si se puede saber? —pregunta una cuarta voz que hasta ahora no había escuchado. Viene de la litera del fondo, la más oscura, la más pegada a la letrina.

Decir «escritor» impone cierto respeto, lo que escribes puede llegar lejos y eso es un arma. Si cuentas que trataron de intimidarte para que firmaras un acta de acusación absurda y que cuando te negaste te trajeron aquí, sin delito, sin derecho siquiera a una llamada telefónica; tal vez tu arma sea usada contra ti. Es fácil reducirte a un insignificante animal amordazado, muy fácil quizás. Por eso tal vez algún día, cuando salga, tantee temeroso el bolígrafo y desista de contarlo. Pero desistir es casi lo mismo que perder la esperanza: uno se adapta a sus circunstancias, acepta lo incontestable, traga y se acostumbra a ser tratado sin respeto; uno se va sometiendo, se va sofocando entre vejación y vejación, como una llama sin aire; uno va cediendo espacio y libertad mientras la barbarie engorda y los rufianes se adueñan de su mundo, hasta que un buen día descubre que la cárcel se hizo ubicua. Al final, uno termina arrinconado, vencido, demasiado débil ya para luchar, convertido en mero juguete a merced de los salvajes.

El teniente estaba parado junto a la puerta del ómnibus.

—Acompáñeme —dijo al verme bajar y me retuvo por el brazo.

Iba vestido de civil, así que me zafé bruscamente.

–¿Quién es usted? –pregunté.

–Yo soy el teniente Carlos de la seguridad del estado y usted tiene que acompañarme –insistió sin volver a tocarme.

–Identifíquese –exigí y lo miré a los ojos.

Él se levantó la camisa y dejó ver la empuñadura de una pistola. Yo iba a objetar que esa no era una identificación válida, pero dos policías de uniforme se apostaron a mi lado.

–¿Ustedes vienen con él? –pregunté y ellos asintieron.

La unidad quedaba a pocos metros de la terminal. Supuse que todo era un malentendido y que en minutos continuaría mi camino. Sin embargo, después de que los policías registraron mi equipaje, el teniente irrumpió en la habitación visiblemente acalorado.

–¿Y a qué ibas tú al Valle? –gritó.

–Supongo que a ver –respondí.

–¿Ah, sí… y a ver qué?

–A ver lo que hay, a conocer.

–¿Y a quién tú le pediste permiso para eso?

–¿Y desde cuándo tengo que pedirle permiso a alguien para andar por mi país? –protesté, molesto ya por su aspereza.

–Desde que me da la gana a mí –volvió a gritar, sacudiendo las manos muy cerca de mi rostro–. Para ir al Valle o a cualquier lugar en este municipio hay que pedirme permiso a mí. ¡A mí!

Lo miré en silencio. Era un hombre triste ese teniente, tan seguro en su cárcel, tan insolente con su pistola a la cintura y su vacío en el alma, prisionero de unas circunstancias que nunca alcanzaría a comprender. Si yo hubiese sido su hijo también me habría gritado: «tienes que pedirme permiso a mí». Pero yo no era su hijo, ni su amigo, ni su subordinado. De modo que crucé los brazos, me encogí de hombros y lo miré fríamente, sin hablar. Ya era obvio que no saldría de allí tan rápido como había imaginado.

–Yo soy Julio –dice ahora la cuarta voz–, y lo que te voy a contar es para que lo escribas, si eres tan bravo como dices.

—Habla —le pido.

Julio tiene veintidós años y nació en El Valle, en uno de los edificios que construyeron para los antiguos pobladores de la península. Al casarse, se fue a vivir con su mujer al único apartamento vacío que quedaba en el edificio. Todos en el pueblo estuvieron de acuerdo con que ocuparan el apartamento, y allí les nació su hijo. Pero la policía vino y los desalojó.

—Esperaron a que yo no estuviera en la casa para venir a sacarme a la familia —murmura Julio—, amenazaron a Nena, le dijeron que no me iba a ver más la cara si no salía, y lo tiraron todo para afuera. Ahora dicen que fui yo el que amenazó al teniente.

—¿Y el apartamento? —pregunto.

—Lo cogieron ellos —responde—, dicen que para hacerle un calabozo a la gente del Valle.

—Cállate ya, muchacho —aconseja el celador allende los barrotes.

Abre la reja y me llama. Lo sigo de vuelta hasta el cuarto por donde me hicieron entrar. Me devuelve el cinturón, la cartera y los cordones de las botas, luego coloca mi mochila sobre la mesa y me pide que revise si está todo en orden. Yo termino de vestirme, agarro la mochila y salgo sin entender qué los hizo cambiar de actitud.

En la puerta el teniente me ofrece una disculpa:

—Todos los hombres se equivocan —murmura.

—Unos más que otros —le diría, pero no tiene caso: es un hombre triste, un prisionero de circunstancias que jamás alcanzará a comprender.

Afuera es ya la madrugada. El pueblo duerme resguardado de la frialdad de enero. La calle es dura bajo mis pies. La brisa vuelve a acariciar mi rostro y el olor de las flores nocturnas me embriaga mientras camino sin prisa hacia la terminal de ómnibus. Voy pensando en el reto de Julio, en la tenebrosa historia que recién me ha contado. Instintivamente apuro el paso: quiero llegar al Valle, quiero ver lo que hay, contarlo.

www.ingramcontent.com/pod-product-compliance
Lightning Source LLC
Chambersburg PA
CBHW031119020726
47495CB00007B/2272